Erma Bombeck
Ich hab mein Herz im Wäschekorb verloren

Erma Bombeck

Ich hab' mein Herz im Wäschekorb verloren

Aus dem Amerikanischen übertragen von Isabella Nadolny

Gustav Lübbe Verlag

1. Auflage Januar 1981
2. Auflage Februar 1981
3. Auflage März 1981
4. Auflage Dezember 1994

Aus dem Amerikanischen von Isabella Nadolny
Schutzumschlag: Roberto Patelli, Köln
Illustrationen: Dodo Köster, Köln
Satz: Friedrich Pustet, Regensburg
Druck und Einband: Bercker Graphischer Betrieb GmbH, Kevelaer

Printed in Germany
ISBN 3-7857-0276-0

Für Bill, der fragte:
»Was tust du eigentlich den ganzen Tag?«

Inhalt

1.

Gebügelte Laken sind gesundheitsschädlich

Bevor Sie dieses Buch lesen, sollten Sie einiges über mich wissen:
Ich halte handgebügelte Laken für gesundheitsschädlich.
Kinder sollten als das angesehen werden, was sie sind: als Garantie für nächtliche Ruhestörung.
Die Einfahrt zur Garage zu bohnern, ist keine Tugendübung.
Man heiratet seinen Mann, um ihm in guten und schlechten Tagen zur Seite zu stehen, NICHT, um ihn mittags zu bekochen.
Die Frauen der Renaissance waren *schön*, nicht schlank.
Wer das Mittagsschläfchen versäumt, bekommt einen schlechten Teint.
Männer, die pro Woche 36 Fußballspiele anschauen, sollten von Amts wegen für tot erklärt und ihr Besitz verteilt werden.

Da habe ich nun jahrelang daran gearbeitet, die schlichte Durchschnittshausfrau zu sein, deren Beruf zugleich aufregend und befriedigend ist. Ich muß gestehen, ich habe es nicht geschafft. Der Gipfel der Aufregung ist erreicht, wenn ich im Staubsaugerbeutel ein Puppenhöschen finde, und das einzig Befriedigende für mich ist, daß in dieser Familie nur ich weiß, wie man eine alte Klopapierrolle durch eine neue ersetzt.

In den 23 Jahren meiner Ehe ist noch nie ein Meinungsforscher an meine Tür gekommen, um zu erfragen, welches Waschmittel ich benutze. Meine Kinder sagen nie zu mir: ›Mami, Mami, der Zahnarzt hat überhaupt nicht gebohrt.‹ Mein Mann schnuppert nie an seinen Hemden und verdreht lächelnd die Augen. Er sagt auch nie: ›Wie samtzart ist deine Haut‹ oder ›Köstlich, dein Kaffee.‹ Eigentlich sollte ich darüber deprimiert sein, aber ich habe die Theorie, daß man einiges im Leben nicht kontrollieren kann. Ich bin als Verlierer programmiert. Nur mal ein kleines Beispiel: Als ich neulich meinen Sohn beim Tennisplatz absetzte und sein Partner kam und sich vorstellte, erstarrte mein Junge, dann wankte er zu einer Bank, ließ sich darauffallen und steckte den Kopf zwischen die Knie.

»Hast du ihn gesehen, Mom?« jammerte er. »Er trägt ein Schweißband.«

Ich hätte weinen mögen. Jeder Idiot weiß, daß der mit dem Schweißband grundsätzlich Sieger bleibt. Ich wollte meinen Sohn trösten, doch meine innere Stimme sagte mir, wie das Match ausgehen würde. Mein Sohn war bereits geschlagen.

Ich weiß es. Ich wußte gleich, als ich Angie Sinnlich sah, daß ich den Titel ›Miß Klassenbeste im Geradesitzen‹ damals in der achten Klasse *nicht* erringen würde.

Angie hat gewiß nicht einmal im Mutterleibe Embryostellung eingenommen: Die saß von Anfang an gerade. So etwas weiß man. Auch der Hund kann ja nie wieder gesund werden, wenn im Wartezimmer des Tierarztes alle anderen Hunde Halsbänder mit Straßverzierung und echt lederne Leinen tragen und der eigene nur eine 20 m lange rosa Plastikwäscheleine um den Hals hat.
Schließlich weiß man doch, daß nichts mehr aus einem Tag werden kann, an dem der Liftboy im Kaufhaus einen, ohne zu fragen, gleich in die Billigabteilung im Tiefparterre fährt.
Ich gebe mir weiß Gott Mühe, aber aus irgendeinem Grunde stelle ich mich immer in der falschen Reihe an. Wartende Schlangen sind wie eine fremde Sprache: Man muß sie lesen und deuten können. Was nach einer Transaktion von höchstens 30 Sekunden aussieht, entpuppt sich unweigerlich als Warterei von 10 bis 30 Minuten.
Ich stehe prinzipiell hinter der Kundin, die für drei Familien einkauft und sich ausführlich über ein Huhn beschwert, das sie vor zwei Wochen gekauft hat und das ›roch‹. Auch geht der Registrierkasse gerade dann der Streifen aus, wenn diese Frau zahlen will.
Auf der Damentoilette stehe ich immer hinter dem Teenager, der sich für die große Parade in Uniform wirft und die Kabine erst verläßt, wenn die Quasten an den Stiefel gekämmt, die Unterschenkel rasiert und die Kontaktlinsen auf der Ablage über dem Waschtisch wiedergefunden sind.
Im Beichtstuhl habe ich nur einen vor mir: den Geistli-

chen. Kann es etwas Gefahrloseres geben, als einem Priester in den Beichtstuhl zu folgen? Bei mir klappt nicht einmal das. Mein Geistlicher ist eben Augenzeuge eines Mordes geworden, hat seit 1967 seiner Osterpflicht nicht mehr genügt und möchte sich mit mir über Mischehen unterhalten.

In meiner Bank lief ich neulich geschlagene fünf Minuten hin und her, um mir die anderen Kunden an den Schaltern anzusehen: Es wäre natürlich Wahnsinn gewesen, mich hinter der abgehetzten Sekretärin mit den vielen Einzahlungsabschnitten anzustellen. Oder am anderen Schalter hinter dem kleinen Geschäftsmann mit dem Leinenbeutel voller Hartgeld. Ich schätzte, daß er irgendwo einen Wunschbrunnen leergefischt hatte und die Pennystücke von drei Jahren brachte, damit man sie ihm in Rollen verpacke. In der nächsten Schlange stand ein älterer Herr vor mir, der jeden zu kennen schien. Sicher wollte der seinem Geld im Tresorraum einen Besuch abstatten.

Ich stellte mich daher hinter einen kleinen Jungen ohne Socken in schmutzigen Turnschuhen und einem Sweatshirt mit Aufdruck. Das konnte nur eine Transaktion von 30 Sekunden werden.

Der Junge hatte seit der ersten Klasse nichts mehr eingezahlt. Sein Sparbuch hatte er verloren. Seine Belege fanden sich nicht unter den Bankauszügen auf seinen Namen, sondern unter denen seiner Schule. Er wußte seine Kontonummer nicht, auch nicht den Namen seiner Lehrerin, denn die hatte zu Beginn des neuen Schuljahrs geheiratet. Es mußten alle 2017 Eintragungen seiner Schule durchgeblättert werden. Er zahlte 25 Cent ein.

Als er dann das Buch besah, stutzte er, denn es waren ihm 15 Cent Zinsen gutgeschrieben worden. Die wollte er sofort abheben. Da er noch zu klein war, brauchte er die Genehmigung seiner Mutter. Diese wurde angerufen, was geraume Zeit dauerte, da sie zum Kaffee bei einer Nachbarin war. Sie sagte nein.
Dann wollte er sehen, wo sein Geld aufbewahrt wurde, und eine der Gratis-Regenkapuzen haben, die in der Anzeige abgebildet waren. Er fragte noch, wie er zum Trinkwasserautomaten käme, dann ging er. Nach 23 Minuten.

Seelisch geplättet bin ich aber auch, wenn ich in einer Zeitschrift testen möchte, wie gut ich als Hausfrau und Mutter bin, und erst mal in einem Haus mit sechs Zimmern keinen Bleistift dafür finde. Zähle ich dann meine Punkte zusammen, muß ich feststellen, daß ich für Ehe und Mutterschaft ungeeignet bin, aber das Zeug dazu hätte, als Nonne aus dem Kloster durchzubrennen, um durch Steptanz und Gesang Goldene Schallplatten zu verdienen.
Manchmal weiß ich nicht, was mit mir los ist: Mir fehlt das Selbstbewußtsein der Berufstätigen. Mich versetzte schon die Führerscheinprüfung in einen derartigen Zustand, daß ich eine Woche lang mein Frühstück aus dem Whiskyglas zu mir nehmen mußte. Ich stand in einer langen Warteschlange bei der Prüfstelle an und stellte fest, daß die Frau vor mir anscheinend genau solche Angst hatte wie ich. Ihr Gesicht war geisterbleich, ihre Augen starr, die Mundwinkel zuckten, und die Füße zog sie nach, als hingen Kettenkugeln daran.

Ich drehte mich um. Die Frau hinter mir trug entweder ein Korsett, das ihr die Nieren zerquetschte, oder sie hatte gerade erfahren, daß sich der Besuch ihrer Schwiegermutter um 3 Monate verlängern würde, weil die sich die Hüfte gebrochen hatte und nicht transportfähig war. Und ich? Total verkrampft vor Angst und Mißtrauen. Wenn Sie mich fragen, steckte hinter dem ganzen Test das Verkehrsministerium, das versuchte, mich von der Straße zu verbannen. Worte wie ›immer‹, ›jeder‹ und ›nie‹ lassen mich aufhorchen, dazu habe ich in meinem Leben schon zu viele Tests durchgemacht.

Ich hatte auswendig gelernt, welche Scheinwerfer ich bei einem zweiachsigen Laster nach Einbruch der Dämmerung auf einer Bundesautobahn einzuschalten habe. Gefragt wurde ich aber ganz andere Sachen, zum Beispiel: Eine ältere Dame überquert bei Rot die Kreuzung. Der Fahrer sollte in diesem Falle

a) scharf bremsen und sie die Straße überqueren lassen
b) die Hupe betätigen und vorsichtig weiterfahren
c) ausweichen und versuchen, an ihr vorbeizukommen.

Ich habe mir diese Frage gewiß 50mal durchgelesen. Wenn ich bremse, verursache ich unter Umständen hinter mir acht Auffahrunfälle und behindere dadurch den Verkehr, was die Straßenverkehrsordnung verbietet. Betätige ich die Hupe, bekommt die Fußgängerin vielleicht einen Herzanfall, der mich für den Rest meiner Tage psychisch belastet. Weiche ich aber wie c) aus, gerate ich in eine andere Fahrspur und verursache ebenfalls einen Unfall.

Ich überlegte volle 10 Minuten, ehe ich den Beamten fragte: »Wie alt ist die Dame?«
»Das tut nichts zur Sache«, sagte er.
»Sie können mir nicht zufällig sagen, wo sie hin will?«
»Auch das spielt keine Rolle«, antwortete er.
»Hat sie einen Sohn in Kansas, der drei Monate nicht geschrieben hat?«
»Was hat das mit der Testfrage zu tun?« Er war jetzt gereizt.
»Nur so viel, als ich mich soeben entschlossen habe, lieber den Verkehr *nicht* zu behindern, und die alte Dame umzufahren.«
Die Frau in dem zu engen Korsett beugte sich mühsam vor und keuchte: »Ich auch, meine Liebe.«

Tafelfreuden

Für mich gibt es nichts Schrecklicheres als ein feierliches Essen, bei dem man mich von meinem Mann trennt. Ich werde dann ein Opfer der langen Tafel. Sie kennen so was ja: lange, kalte Tische mit 150 Stühlen zu beiden Seiten, an die man in bunter Reihe gesetzt wird. Wenn ich gewußt hätte, was mir bevorsteht, hätte ich mich körperlich entsprechend entwickelt. Nur zu oft wende ich mich zu meinem Tischherrn zur Linken, nur um feststellen zu müssen, daß er sich mit dem tiefen Ausschnitt zu seiner Linken unterhält. Und wende ich mich meinem Tischherrn rechts von mir zu, dann ist auch er in angeregtem Gespräch mit dem tiefen Ausschnitt rechts von ihm. Will ich das

Wort dann an mein Gegenüber richten, sehe ich dort einen leeren Stuhl.
Aus irgendeinem unerfindlichen Grunde geht es immer am anderen Ende des Tisches hoch her, dort wird gekreischt und gelacht und einer spielt auf halbvollen Wassergläsern ›Hänschen Klein‹.
Es ist nicht so einfach, sich ganz allein zu amüsieren. Besonders, wenn man selber langweilig ist. Hat man erst einmal alle vier Salate ringsum aufgegessen, das Besteck nachpoliert, die Zahnplomben mit der Zungenspitze nachkontrolliert, sich geräuspert, den Namen auf der Tischkarte ausgebessert und die Brille geputzt, geht es nur noch bergab.
Hie und da winkt einem jemand zu, der circa sechs Plätze weiter auf der gleichen Seite sitzt, und man lehnt sich vor, wobei man die Perlenkette durch ein Häufchen Pilze schleift, um zurückzuwinken.
»Wie geht's Sally?« versucht die Dame sich verständlich zu machen. Man legt die Hand hinters Ohr und zuckt die Achseln, um Taubheit auszudrücken.
»Wie–geht–es–Sally?« wiederholt sie langsamer.
»Ausgezeichnet«, ruft man zurück.
Erst während man dann in den eigenen Ausschnitt blickt und sich überlegt, wie man die Pilze ohne Aufhebens wieder herauskriegt, fällt einem ein, daß man noch nie von einer Sally gehört hat und daß die andere Dame wahrscheinlich mit dem Mann auf dem Nachbarstuhl gesprochen hat.
Jede vernünftige Unterhaltung an einer langen Festtafel ist unmöglich. Ich habe festgestellt, daß ich zu meinem Tischherrn sagen kann: »Wußten Sie schon,

daß Ho Tschi Minh ein Korsett trägt?« – und er blickt über mich hinweg und antwortet: »Das mußt du Mary erzählen, sie kann fabelhaft imitieren, ein echtes Naturtalent.«

Anruf von Unbekannt

Ich habe mir immer schon gewünscht, zu den Frauen zu gehören, die den Nerv haben, das Telefon klingeln zu lassen und schnippisch zu bemerken: »Wenn es wichtig ist, rufen die schon noch mal an.«
Eine meiner Freundinnen (ich frage mich, ob das eine wirkliche Freundin war!) hat mich dann eines Tages darüber belehrt, wie viele Stunden Zeit ich einspare, wenn ich den Apparat klingeln lasse.
»Wenn du's einmal probiert hast, rennst du nie wieder ans Telefon, als wolltest du dir Hals und Beine brechen«, sagte sie. Das Telefon klingelte . . . und klingelte . . . und klingelte . . . (mir brach der Schweiß aus) . . . und klingelte . . . (ich ging unruhig auf und ab) . . . und klingelte . . . und dann schwieg es.
»Siehst du?« sagte sie. »Kinderleicht. Und nun überleg' mal, wieviel Zeit du gespart hast!«
Sie war kaum aus dem Haus, da rief ich Mutter an. »Tut mir leid, daß ich vorhin nicht rangegangen bin, als du anriefst, aber ich – Wieso, du hast gar nicht angerufen?«
Ich wählte die Nummer meines Mannes. »Was wolltest du? Ich weiß, diesmal habe ich angerufen, aber nur, weil ich vorhin nicht drangegangen bin. Ach, du hast gar nicht angerufen . . .«

Marys Putzfrau sagte, Mary sei mit ihrer Schwiegermutter in der Stadt und *könne* mich gar nicht angerufen haben.
Meine Schwiegermutter in Florida sagte, es sei sehr lieb von mir, mich zu melden, aber angerufen habe sie nicht.
Mein Verleger in New York sagte, alles liefe bestens, sie freuten sich immer, von mir zu hören, aber aus ihrem Haus habe an diesem Vormittag niemand versucht, mich zu erreichen.
Der Sendeleiter des Glückwunschkonzerts meinte, vom Rundfunk sei heute kein Anruf an mich ergangen, mein Wunsch bleibe vorgemerkt.
Der Schuldirektor versicherte, er habe mich zwar anrufen *wollen*, weil mein Sohn wieder Unfug auf der Knabentoilette getrieben habe, doch sei er leider nicht dazu gekommen.
Ich rief meine Schwester an und fragte, ob sie mich habe sprechen wollen, und sie sagte mir einiges, was nicht hierher gehört. Ich hatte vielleicht meine Frage ungeschickt formuliert.
Ich rief den Juwelier an und bekam den barschen Bescheid, »Madam, wir haben nicht angerufen und werden auch erst anrufen, wenn Ihre Uhr repariert und abholbereit ist.«
Durch treuliches Weiterwählen erfuhr ich, daß weder meine Bank, noch mein Versicherungsagent, noch die Kosmetikerin, noch ein Mitglied des Baseballclubs, noch mein netter Zeitungsverkäufer angerufen hatten.
Auch nicht der Gouverneur von Ohio oder die Metro

Goldwyn Mayer. Als ich dann abends im Dunklen weiterwählte, setzte sich mein Mann im Bett auf und rief: »Jetzt platzt mir doch bald der Kragen! Warum in aller Welt sollte denn das Weiße Haus dich angerufen haben?«

Genau nach Vorschrift

Um es gleich ehrlich zu gestehen: Ich habe Angst vor allen Veränderungen. Zum Beispiel war es mir immer ein Trost, daß man sich trotz dieser unsicheren Zeiten auf eine Vorschrift ganz fest verlassen konnte. An jedem Federkissen ist ein Schildchen angesteppt, auf dem steht: Entfernen dieses Anhängers verboten.
Die feudalsten Häuser dieser Welt, in denen man bis zu den Strumpfbändern in Teppichen versinkt, nur aus Uralt-Meißen Kaffee trinkt und die Dienstboten sich gegenseitig über die Füße stolpern, haben eines mit unserer bescheidenen Hütte gemeinsam: Auch bei ihnen blitzt ein Stoffschildchen unter dem Polstersessel hervor.
Als frischgebackene Ehefrau habe ich mir ausgemalt, was passieren würde, wenn man diese Anhänger von einem Polster risse: Die Steuer würde Nachzahlungen verlangen, Senator McCarthy den Namen auf einer rötlich angehauchten Liste verbuchen und dann unter die Vase auf seinem Schreibtisch klemmen, und man dürfe keinem Sportclub mehr beitreten. Es gab auch ein Gerücht, demzufolge man dann sieben Jahre lang kein Kind kriegte, aber das hielt ich für übertrieben.
Eines Abends hatte mein Mann ein bißchen getrunken

und drohte plötzlich: »Weißt du, was ich jetzt tu'? Ich geh' und reiß' den Anhänger ›Entfernen verboten‹ von unseren Kopfkissen!« Er wußte offensichtlich nicht mehr, was er sagte, so daß eine Nachbarin und ich ihn mit Gewalt festhalten mußten.

Neulich las ich irgendwo, daß die Warenprüfstelle in Zusammenarbeit mit dem Beratungsausschuß für Polstermöbel das Schildchen geändert habe. Es lautet jetzt: DIESES SCHILD DARF NUR VOM VERBRAUCHER ENTFERNT WERDEN! Wo wird die Welt noch hingeraten, wenn an den Grundfesten gerüttelt wird. Heute sind es die vertrauten Kissenanhänger, morgen wird man die Spargeldosen verkehrt herum öffnen!

Nicht, daß ich mich immer nach den Vorschriften richte. Ich habe mir in meinem Leben schon einiges geleistet. Einmal habe ich absichtlich das Streichholzheftchen offengelassen, während ich ein Streichholz anriß. Ein andermal, als ich glaubte, es sieht niemand, habe ich aus dem Sahnespender Schlagsahne über meine Erdbeeren gedrückt *ohne* vorher zu schütteln. In Augenblicken des Zorns habe ich sogar das Zellophan von Lampenschirmen abgerissen und absichtlich Deckel entgegen der Pfeilrichtung aufgeschraubt.

Aber das Schild von einem Kissen zu entfernen, auf dem steht, daß man es nicht entfernen soll, ist doch noch etwas anderes. Als ich die Notiz in der Zeitung zu Ende gelesen hatte, ging ich in mein Zimmer, schloß die Tür, zog die Überdecke vom Bett und nahm das Kissen in beide Arme. Dann tastete ich mich am Saum entlang, bis ich das Stoffschildchen fühlte, wikkelte behutsam meine Finger darum und riß es ab.

In eben diesem Moment hörte ich einen Donnerschlag, die Katze verkroch sich unterm Bett, und ich sah ein paar Federchen aus dem Saum quellen, dort wo ich das Schild abgerissen hatte. Da sank ich auf die Knie. »O heiliger Verbraucherschutz, vergib mir, denn ich habe gesündigt.«

2.

Ich habe ihm die besten Jahre meines Lebens geopfert

Paare, deren Ehe mindestens ein Vierteljahrhundert überdauert hat, werden immer wieder nach ihrem Erfolgsgeheimnis gefragt. Dabei ist es eigentlich kein Geheimnis. Ich bin nun einmal die Frau, die immer wieder verzeiht. Vor langen Jahren habe ich meinem Mann verziehen, daß er *nicht* Paul Newman ist. Aber ein gewöhnlicher Sterblicher wie er kann eben kein Verständnis haben für meine Hauptprobleme, für die Wasserflecken auf dem Parkett, die seine Stiefel hinterlassen, dafür, daß meine Hüften wegstehen wie die Satteltaschen, und dafür, daß mein Haus ungefähr so viel Charme hat wie eine Müllverbrennungsanlage.

Wie soll der Ärmste begreifen, daß mein Alltag eine Tretmühle ist, mit vorprogrammierten Stops bei ÖDE, LANGEWEILE, MONOTONIE und WASCHKÜCHE! Er kommt abends elastischen Schrittes heim, ein Lächeln auf den Lippen, und erzählt mir von seinem aufreibenden Tageslauf.

Gestern abend zum Beispiel knabberte er an einer Stange Sellerie und stöhnte: »Das war vielleicht ein Tag! Den ganzen Vormittag haben Fred und ich geschuftet wie die Berserker. Dann sind wir in den

Wagen gestiegen und haben eine Anlage im Norden der Stadt besichtigt. Unterwegs ist mir eingefallen, daß ja Sandy heute Geburtstag hat. Du erinnerst dich doch noch an Sandy? (Und ob ich mich an Sandy erinnere. Als die ihren Büstenhalter verbrannte, rückten fünf Löschzüge aus.) Wir haben sie zum Lunch eingeladen. Und als wir zurück ins Büro kamen, war schon Zeit, den Laden dichtzumachen. Ich komme deshalb so spät, weil ich noch bei John vorbeigeschaut und sein neues Boot besichtigt habe. Und was hast du heute alles getan?«

»Ich habe mein Deodorant weggeschmissen«, sagte ich. Beim Verlassen des Zimmers grollte ich: »So verständnislos wäre Paul nie im Leben gewesen.«

»Was'n für 'n Paul?« fragte mein Elfjähriger.

Einem Elfjährigen zu erklären, wer Paul Newman ist, dürfte so schwer sein, wie einem Starlet klarzumachen, wer Wernher von Braun ist.

»Paul Newman«, sagte ich geduldig.

»Ist das der in der Samstagnachmittagsserie im Fernsehen, der das Klasse-Pferd reitet?«

»Was für ein Pferd?« fragte ich verträumt.

»Wieso lächelst du und schaust so ulkig?« fragte er.

»Wie meinst du das – ulkig?«

»Wie wenn du einen Dollar in Papis Lehnstuhl gefunden hättest.«

»Wegen Paul Newman«, sagte ich achselzuckend.

»Möchtest du gern mit dem verheiratet sein?«

»Das hat mit Heiraten nichts zu tun«, sagte ich.

»Ach du meinst, du hättest ihn gern als Freund?«

»Ganz so würde ich es auch nicht ausdrücken.«

»Er ist ungefähr so groß wie Papi, nicht?«
»Welcher Papi?«
»Mann o Mann, Frauen und Filmstars, das ist doch das Letzte!«
»Ich fürchte, ich kann dir das nicht erklären«, sagte ich zögernd. »Weißt du, Paul Newman wirkt auf eine müde Hausfrau wie ein Teller fabelhafter Mürbeteigplätzchen auf einem Elternabend. Wie ein Hüfthalter, der einen *nicht* klemmt. Oder wie ein Wagen, der nicht nur auf abschüssiger Straße startet. Wie Koffer, die alle zusammenpassen, oder schönes Porzellan statt Plastikteller. Wie Abende, an denen man was Besseres vorhat, als sich den alten Nagellack von den Nägeln zu kratzen.
Paul Newman, mein Junge, ist kein gewöhnlicher Sterblicher. Nie trägt er den Müll hinaus, nie hat er eine Fieberblase an der Lippe, gähnt nie oder putzt sich gar die Nase, hat keine schmutzige Wäsche, trägt nie vom Pyjama nur das Oberteil, nimmt nie eine Thermosflasche mit zur Arbeit, döst nie im Fernsehsessel ein und stellt nie die Sportschau an.
Er ist wunderbar, so wunderbar wie die ersten hochhackigen Schuhe im Leben, wie die Studienzeit, die Verlobungsfeier, das erste Kind. Mein Gott, Junge, er ist einfach so etwas wie der EAGLE auf dem Weg zum Mond. Verstehst du, was ich meine?«
»Ich glaub' nicht«, sagte er. »Aber sein Pferd war echt Spitze.«
Etwas später sah ich mein Spiegelbild in einem Fenster: Pantoffeln, Kopftuch. Windjacke von der Tochter geliehen, Mixi-Rock (zugleich maxi und mini). Wem

wollte ich noch was vormachen? Ich sollte wohl nur noch auf das Pferd setzen.

Illusionen erhalten

Wie die meisten Frauen arbeite ich an meiner Ehe, bemühe mich, die An- und Aufregung lebendig zu halten, die mich ursprünglich hat heiraten lassen. Ich erzählte meinem Mann, daß eine Freundin von mir jeden Freitag ein heimliches Rendezvous mit dem eigenen Mann hat.

Sie fährt mit ihrem Wagen in die Stadt, er mit seinem. In einem verschwiegenen kleinen Restaurant treffen sie sich, nehmen einen Tisch ganz hinten in der Ecke, sitzen Hand in Hand und sehen sich liebevoll tief in die Augen. Nach jedem Stelldichein küssen sie sich zum Abschied auf dem Parkplatz, und sie flüstert: »Hoffentlich bis nächsten Freitag, wenn ich es schaffe.«

Mein Mann wollte sich schieflachen und japste schließlich: »Die Person scheint sich ja daheim fürchterlich zu langweilen! Wer ist die Unglückliche?«

»Ich«, sagte ich. »Jede Frau muß sich das romantische Fluidum in der Ehe zu erhalten trachten. Warum versuchen wir es nicht mal?«

»Weil ich mir vorkäme wie ein Trottel«. Doch dann merkte er, wie enttäuscht ich war, und sagte schnell: »Also meinetwegen, Freitag bei Fritzens Futterkrippe.«

Ich machte mich schön, wobei ich mir etwas dämlich, aber auch verrucht vorkam. Ich parkte den Wagen und lief auf meinen Mann zu. Er sah mich durchdringend an.

»Woran denkst du?« fragte ich mit leiser Stimme und schmachtendem Augenaufschlag.

»Hast du deine Diners Club-Karte mit? Sonst müssen wir in den Ausschank vis-à-vis vom Büro. Freitags nehmen die auch Schecks.«

»Du Böser«, schäkerte ich, »so was darfst du erst sagen, wenn wir miteinander ganz allein sind.«

»Was ist mit deinem Schutzblech passiert?« fragte er. »Hast du dich mal wieder mit einer Parksäule getroffen?«

»Wir dürfen uns nicht mehr heimlich sehen«, sagte ich. »Anfang der Woche bin ich immer fest entschlossen, nicht nachzugeben, und freitags überwältigt es mich dann doch.«

»Tun dir wieder deine Hühneraugen weh?« fragte er. »Um die Augen herum siehst du elend aus. Du solltest dich lieber hinsetzen.«

»Das ist Lidschatten, Liebling. Nur für dich. Fällt dir sonst noch etwas an mir auf?«

»Du hast den Mantelknopf angenäht, der so lang gefehlt hat.«

»Das Parfum, du Schelm! Ich werde es nicht mehr benutzen, wenn du mir nicht versprichst, sehr sehr brav zu sein!«

»Was möchtest du essen?« fragte er und entfaltete die Speisekarte. »Oder bist du so verliebt, daß es dir den Appetit verschlägt?«

»Bist du wahnsinnig?« fragte ich und riß die Speisekarte an mich. »Für mich zwei Hamburger, eine Portion gebratene Zwiebeln, eine doppelte Malzmilch und ein Stück Torte.«

Ein Platz an der Sonne

Ich habe meinem Mann, wie gesagt, in unserer dreiundzwanzigjährigen Ehe viel zu verzeihen gehabt, wobei ich selbstverständlich weder auf Lob noch auf Anerkennung rechne.

1. Ich verzeihe ihm, daß er nie richtig braun wird. Im Grunde habe ich mein ganzes Leben lang versucht, meinen Mann braun zu kriegen. Ich habe ihn mit Öl bepinselt, in verschiedenartigem Sud mariniert, ihn fleißig gewendet und geschmort. (Offen gestanden: wenn ich an meine Küche nur halb soviel Zeit und Mühe gewendet hätte, wäre ich heute Dreisterne-Köchin.)

Es war umsonst. Neulich sah ich ihn mit größter Vorsicht in den Sonnenschein kriechen: in sechs Badetücher gewickelt, mit dunkler Sonnenbrille und Sandalen bis herauf zu den Knien.

»Hast du deinen Sonnenschirm verlegt?« fragte ich trocken.

»Ich begreife nicht, wieso es dich stört, daß ich nicht braun werde«, sagte er und rückte seinen Stuhl in einen Schattenfleck.

»Weil du aussiehst wie ein Mehlwurm, deshalb stört es mich; wie einer der Typen, die am Strand anderen Leuten Sand ins Gesicht werfen und ›He, Bleichgesicht!‹ rufen.«

»Möchtest du endlich zur Kenntnis nehmen, daß

manche Menschen einfach nicht braun werden«, sagte er.
»Jeder Mensch wird braun« beharrte ich, »wenn er sich entsprechend verhält.«
»Mit Verhalten hat das nichts zu tun.«
»Ist es dir nicht selber gräßlich, wenn du in ein Zimmer trittst und jeder dich fragt: »Was um Himmels willen ist denn passiert?«
»Erlaube mal, nur weil ich nicht aussehe, wie ein indischer Mahout . . .«
»Steve McQueen wird braun«, sagte ich, »und Paul Newman auch. Und du wirst wohl auch kaum je gesehen haben, daß sich John Wayne beim Reiten ein Handtuch über die Arme gehängt hat?«
»Was hat denn das mit mir zu tun?«
»Diese Männer sehen gesund aus! Das hat es mit dir zu tun. Möchtest du denn nicht bronzebraun und geheimnisvoll aussehen? Alle Frauen würden sich auf der Straße nach dir umdrehen und sagen: ›Junge, sieht der vielleicht gesund aus.‹«
»Nein.«
»Laß doch mal – nur für eine Stunde – die Sonne tun, was ihres Amtes ist. Leg dich lang, und ich übergieße dich mit drei Tassen Öl und laß dich schmoren.«
Von Zeit zu Zeit prüfte ich, ob er auch gleichmäßig bräunte.
Später kam er dann ins Haus und schlüpfte vorsichtig in seine Kleider.
»Was habe ich dir gesagt?« lachte ich. »Schon sehen die Sachen ganz anders auf dir aus. Wenn du nur wüßtest, wie sich das helle Hemd von deiner Haut

abhebt. Und das Blau deiner Augen! Noch nie ist mir die Farbe so aufgefallen!«
Als wir später nebeneinandersaßen und in Zeitschriften blätterten, versuchte ich es noch einmal. »Ich weiß, du wirst mir jetzt nicht recht geben, aber du kannst es mir glauben, du bist der gesündest aussehende Mann unter den Patienten in diesem Wartezimmer!«

Wein, Weib und kein Gesang

2. Ich verzeihe meinem Mann das Theater, das er jedesmal aufführt, wenn er Wein zum Essen bestellen muß. Er tut, als sei er in Frankreich großgeworden. Zunächst schwenkt er das Glas unter der Nase hin und her. Dann legt er den Kopf in den Nacken, als wolle er gurgeln. Schließlich läßt er einen Tropfen Wein über die Zunge rollen. Wir anderen sitzen am Tisch wie die Trottel und warten darauf, daß dieser Mensch, der einen guten Jahrgang nicht von ›Vademecum‹ unterscheiden kann, beschlossen hat, ob ihm der Wein ›mundet‹ oder nicht.
Der Kellner tritt von einem Fuß auf den anderen. Schließlich spricht Caesar. »Noch ein wenig, bitte«, sagt er und hält ihm das Glas hin. Und während ich bereits die Augen verdrehe, sagt er: »Ich möchte ganz sicher sein.«
»Du hast doch nicht die blasseste Ahnung, was du tust«, sage ich vorwurfsvoll.
»Wie kannst du so was sagen?« fragt er.
»Weil ich den Gesichtsausdruck kenne, mit dem ich

im Supermarkt an den Melonen herumdrücke und auch keine blasse Ahnung habe, was ich tue.«

»Damit du es nur weißt, meine Liebe«, sagt er und wischt sich einen Korkkrümel vom Kinn, »Weinkosten ist ein uralter Brauch, der einst dazu diente, Könige und Königinnen vor dem Vergiftetwerden zu schützen.«

»Wenn das so ist, hättest du auch den Schmorbraten vorkosten müssen«, sage ich.

Und während er dasitzt und sich die Lippen leckt und noch immer zu keiner Entscheidung kommt, fährt mir eine andere Frage durch den Kopf. Woher weiß eigentlich der Ober, *wem* er den Wein zu kosten geben muß? Dem mit der rötesten Nase? Dem, der aussieht, als ob er nachher die Rechnung zahlt? Oder dem unauffälligen Geheimagenten, der überall Könige und Königinnen zu schützen hat?

»Übrigens«, sage ich schließlich zu meinem Mann, »hast du bereits die halbe Flasche weggekostet. Findest du nicht, daß auch wir anderen jetzt gefahrlos einen Schluck Wein zu unserem Dinner genießen könnten?«

»Die erste Flasche habe ich zurückgehen lassen«, sagt er.

»Mach keine Witze. Warum denn?«

»Warum denn ist gut! Diese Leute haben es nicht mit einem verschüchterten alten Dämchen zu tun, das nur bei der Betriebsfeier einen Schluck nippt. Ich habe schon oft Wein getrunken, sogar zu Hause. Jetzt habe ich einen 1970er Lake Erie bestellt, und diesmal will ich Kork drin schwimmen sehen!«

3. Ich verzeihe ihm, daß er sich bei den Pfadfindern immer vorm Feuermachen gedrückt hat.
Wenn wir eine Party geben, ›baut‹ mein Mann ein Feuer im Kamin. Er benötigt dazu an die 30 Pfund Zeitungspapier, einen Berg zundertrockener Späne und einen gut abgelagerten Buchenkloben mit eingestanzter Garantie. Und binnen Minuten haben wir einen solchen Qualm, daß alle Gäste hustend auf die Straße flüchten.
Ich kenne keinen anderen Mann, dem selbst ein gasbefeuerter Kamin ausgeht.
»Laß doch heute abend mal den Kamin sein«, sagte ich zu ihm vor einer Party.
»Unsinn«, sagte er, »jetzt kenn' ich doch den Trick. Ich brauche einfach mehr Papier und muß früher anfangen. Darauf kommt es an. Früh genug anfangen und eine Lage Kohlenglut erzeugen. Und dann die ganze Nacht hindurch nur noch Holz nachlegen.«
Um 18 Uhr 30 verheizte er die Abendzeitung, die ich noch nicht gelesen hatte.
Um 18 Uhr 40 leerte er drei Papierkörbe in den Kamin und bekam erneut eine kleine Schwelflamme zustande.
Um 19 Uhr 05 kam er aus der Garage, mit einem Leiterwagen voller Zeitungen, die ich für die Altpapiersammlung aufgehoben hatte.
Um 19 Uhr 30 trafen die ersten Gäste ein.
Um 19 Uhr 45 verheizte er alle Kalender des Hau-

ses sowie fünf Papierservietten, die er den Gästen wegriß.
Um 19 Uhr 50 holte er energisch alle Beutel der Chemischen Reinigung aus dem Dielenschrank, außerdem verheizte er alle braunen Tüten, die ich für Abfälle in einer Schublade aufhebe.
Um 20 Uhr 05, als es in unserem Wohnzimmer schon Rußflöckchen schneite, begann er Schuhkartons auszuleeren und die Pappe unter die Scheite zu stopfen.
Gegen 21 Uhr 00 blieb ihm nichts mehr übrig, als unbezahlte Rechnungen mit einem Streichholz anzuzünden und sie auf den klimmenden Kloben zu werfen. Ich nahm ihn beiseite. »Hör mal, du Rauchtopas, möchtest du nicht endlich das blödsinnige Kaminfeuer vergessen und dich ein bißchen um die Gäste kümmern.«
»Ich hab's doch gleich geschafft«, sagte er aufgeregt. »Nur noch ein paar Blatt Papier.«
Er rannte zur Kommode und kam mit den Poesiealben der Kinder, unserem Hochzeitsfoto und unserem Trauschein zurück.
Um 1 Uhr nachts schüttelte er mich am Arm. »Jetzt geht's«, sagte er jubelnd. »Es lodert. Erinnerst du dich an die Cornflakes-Packungen, in jeder war nur noch so ein kleiner Rest, den habe ich weggekippt. Mit den Schachteln habe ich es geschafft.«
»Überwältigend«, sagte ich und zog mir die Bettdecke bis an den Hals. »Dann lösch jetzt das Feuer aus und komm ins Bett. Morgen haben wir einen schweren Tag. Ich lasse dich nämlich einsperren.«

Humor ist, wenn man ...

In vielem sind mein Mann und ich grundverschieden. Zum Beispiel in der Frage was wir komisch finden. Neulich abends erzählte ich ihm eine sehr amüsante Anekdote. Eine Frau wird von einem Meinungsforscher gefragt, ob sie eine gute Hausfrau sei, beispielsweise das Bett ihres Mannes mache, solange er noch im Bad sei. Sie entgegnet ihm temperamentvoll: »Machen? Ehe der zurück ist, habe ich das Bett verkauft!«
Stirnrunzelnd meinte mein Mann. »So früh am Morgen kauft kein Mensch ein Bett.«
Dann rächte er sich – mit der Geschichte von dem sprechenden Hund, der im Varieté und im Nachtclub auftritt. »Und eines Tages wurde der Hund krank und mußte operiert werden. Und danach bekam er nirgends mehr einen Job.«
»Wieso?« fragte eine unserer Freundinnen.
»Weil er nur noch dasaß und bellte.«
Die Männer brüllten vor Lachen, ich dachte schon, es zerreißt sie. Die Frauen saßen da und schauten verwirrt.
»Liebling«, schaltete ich mich ein, »du hast es falsch erzählt. Der Hund hat nicht nur gebellt. Er bekommt keinen Job mehr, weil er nur noch von seiner Operation spricht.«
»Aber das ist doch kein Witz«, sagte er.
»Dafür kann ich nicht«, konterte ich. »Du hast eben deinen Witz vermurxt.«
»Wenn es mein Witz ist, kann ich ihn doch erzählen, wie *ich* will, oder? Warum sollte der Hund über etwas so Unangenehmes wie eine Operation sprechen?

Weißt du, was du bist, du bist ein bißchen zurückgeblieben. Wenn ich erzählt hätte, daß der Hund sein Krankenhausbett verkauft hat, ehe er wieder drinlag, hättest du dich kaputtgelacht.«

Größen-Ordnungen

Ich bin eine noble Natur, ich verzeihe meinem Mann nicht nur seine schlechten Witze, ich verzeihe ihm auch, daß er so groß ist. Ich bin eins sechzig. Er mißt fast zwei Meter. Und wenn man ihm glauben will, habe ich im Leben nichts Besseres zu tun, als den Fahrersitz des Wagens ganz nach vorne zu schieben und dann – 7 cm vom Lenkrad – so zu hinterlassen.
Neulich kam er in die Küche gewankt und ließ sich auf einen Stuhl sinken. »Du hast es mal wieder geschafft«, sagte er düster.
»Wie meinst du das?«
»Ich habe nicht mehr die Kraft, gegen dich anzukämpfen. Meine Nieren sind vom Türgriff zermalmt, im Genick habe ich aufgescheuerte Stellen vom Sicherheitsgurt, der Spiegel hat mir eine blutende Kopfwunde beigebracht, und am linken Blinkerknopf habe ich mir die Hose zerrissen.«
»Ach, deshalb hast du so gehupt?«
»O nein, gehupt habe ich, weil ich bei jedem Ausatmen mit der Gürtelschnalle die Hupe berührte.«
»Du bist ja ganz außer dir.«
»Du bist ja ein richtiger Schnellmerker. Ich gebe dir gleich ein Fleißkärtchen.«
»Du brauchst nicht sarkastisch zu werden.«

»Du hast gut reden. Du hast nie ein Paar Beine in einem Fallschirm falten und dich in deinen eigenen Wagen fallen lassen müssen. Schau dir das hier an«, rief er und legte die Füße vor meiner Nase auf den Tisch. »Weißt du, was das ist?«
»Das sind Füße«, sagte ich betont ruhig.
»Genau. Und nicht dazu gemacht, gefaltet, verzwirnt und verstümmelt zu werden.«
»Wieso hast du Schuhe an, die vorne gespalten sind?«
»Weil ich sie mit knapper Not aus dem Rachen des Handschuhfachs retten konnte. Ich hatte gedacht, vielleicht schaffe ich es, wenn ich vom Beifahrersitz aus hineinkrieche, dann könnte ich mir die Beine um den Hals schlingen und erst unter dem Lenkrad wieder aufwickeln.«
»Und was ist passiert?«
»Die Sonnenblende hat mich angegriffen und in dem Handgemenge wurde mein Fuß von der Klappe des Handschuhfachs halb aufgefressen«, beschwerte er sich erbittert.
»Ich lasse den Sitz nicht absichtlich so weit vorn«, begann ich, doch da sprang er schon auf. »O doch, und ob du das tust. Im Grunde deines Herzens hast du es nie verwunden, daß du nicht den Glöckner von Notre-Dame geheiratet hast, hab' ich recht? Der hätte in einen Mini-Wagen hineingepaßt, was? Einen Jockey hättest du heiraten sollen. Ihr wärt ein traumhaft schönes Paar gewesen, auf euren Sitzkissen! Oder Dick Cavett. Immer mit dem Picknickkorb als Fußbänkchen! Oder das Zuckermännlein auf der Hochzeitstorte.«

Ich grille, du grillst . . .

Eine der ernsthaftesten Prüfungen für die Stabilität einer Ehe besteht darin, mit jemandem verheiratet zu sein, der den Göttern Brandopfer darbringt – mit einem Gartengrillkoch nämlich.
Voriges Frühjahr beschlossen wir, unsere Küche zu renovieren. Wir bekamen einen Herd, der alles kann, außer uns den Mund abwischen, einen Kühlschrank mit Gefriertruhe, der Eis hochhustet und sich selbsttätig auftaut, eine Reihe von Tischgeräten, die die Hausfrau überflüssig machen, eine Spülmaschine und einen Müllzerstampfer. Dazu Fächer und Vorratsschränke, wie man sie sich erträumt.
An dem Tag, als alles fertig installiert war, stellte sich mein Mann in die Mitte dieses kulinarischen Märchenlandes, nickte beifällig und verzog sich anschließend in den Hof, wo er dann unser Essen in Embryo-Stellung über einem offenen Kohlenbecken kochte. Dabei verwendete er einen alten Kleiderbügel als Gabel und einen Mülltonnendeckel als Behälter für Pfeffer und Salz.
Dieses Stadium machen die meisten Männer durch. Man nennt so was Lagerfeuer-Wahn oder auch Gartengrillitis. Der krankhafte Zustand wird ausgelöst durch die Anschaffung eines Gartengrills, einer ulkigen Schürze, auf der VERBRANNT SCHMECKT LECKER steht, und hin und wieder auch durch Nachbarn, die an jedem Wochenende die Gäste mit immer neuen Gerichten aus dem KOCHBUCH EINES NEANDERTALERS überraschen und begeistern.

Man kann de Mut dieser Kochneulinge nur bewundern, die bis dahin ›Prise‹ nur als Schnupftabak kannten und Aspik für einen Gipfel in den Anden gehalten haben.
Zu lösen bleibt die Frage: Wie so etwas überleben, ohne Schaden zu nehmen?
Wenn Sie zu einer Grillparty eingeladen werden, prüfen Sie die Einladung genau. Steht dort: 7 Uhr abends‹, so ist dies der Zeitpunkt, zu dem die Gäste erwartet werden. Zu essen gibt es erst etwa 48–72 Stunden später, je nachdem, was für Zwischenfälle passieren. Ein Beispiel:
a) Der ratlose Hobbykoch schiebt die Kartoffeln ins Rohr und stellt aber für 60 Minuten die Trockenschleuder an.
b) Es erscheint die örtliche Feuerwehr, weil bei ihr gemeldet wurde, daß eine Reifenfabrik brennt.
c) Eine Gruppe Gäste besteht aus Mitgliedern der Nationalmannschaft im Trinken und feiert ihren Sieg über die Russen.
Wenn Sie eine Grillparty überstehen wollen, seien Sie auf der Hut vor ein paar uralten Legenden und Gemeinplätzen.
Da gibt es zum Beispiel die Scherzfrage: »Was kann man an einem guten Steak schon verderben?« Dies Sprüchlein ist oft von schrillem Kichern und einem Rippenstoß begleitet.
Gemeint ist, daß man kein besonderes Geschick braucht, um einen Klumpen Fleisch auf einen Rost zu werfen und wieder herunterzuholen, solange es noch genießbar ist. Die Antwort auf die Scherzfrage ist klar: »Man kann es verkohlen lassen«.

Außerdem gibt es wohl kaum eine Grillparty, auf der nicht ein großer, langhaariger Hund den ganzen Abend um den Grill streicht. Es hält sich die Sage, daß große, langhaarige Hunde NIEMALS Fleisch vom Grill schnappen und damit davonlaufen.
Das glauben Sie so lange, bis Sie einen Hund durch drei Höfe, einen Abholmarkt und eine Berieselungsanlage verfolgt haben, um es ihm wieder abzujagen.
Ferner gibt es da die Sage: »Wenn ein Ehepaar gemeinsam kocht, hält die Ehe.«
Neulich nachts stolperte ich über meinen Mann, der gebückt an seinem Kohlenbecken kauerte. »Bist du es?« raunte ich in der Finsternis.
»Wer denn sonst?« fragte er.
»Ist ja egal. Wenn du dich nicht bewegt hättest, hätte ich dich gefressen.«
»Es dauert nur noch ein ganz kleines bißchen«, sagte er. »Sind die Gäste schon sehr hungrig?«
»Ich glaube schon. Sie sitzen herum und sehen zu, wie ihr Leib ödematös aufgetrieben wird.«
»Aber so lang hat es doch gar nicht gedauert?«
»Du willst mich wohl vergackeiern? Ich seh' zum ersten Mal zu, wie meine Fingernägel wachsen.«
»Nur noch ein paar Minuten, bis die Kohlen richtig glimmen.«
»Willst du damit sagen, daß du das Fleisch noch gar nicht aufgelegt hast?«
»Gib den Gästen noch ein paar Horsd'œuvres.«
»Hat keinen Zweck mehr. Sie werden schon unangenehm.«
»Dann geh herum und frag jeden, wie er sein Steak will: blutig, mittel, halb durch oder gut durch.«

Ich ging und kehrte nach wenigen Minuten zurück.
»Na?« fragte er.
»Dreizehn blutig. Soll ich das Fleisch bei den Hörnern festhalten?«
»Werde nicht witzig«, sagte er. »Was ist mit unserem vierzehnten Gast?«
»Der hat sein Tablett gefressen und meint, das hielte eine Weile vor.«
»Der hat bei mir verspielt«, sagte er. »Das ist das letzte Mal, daß ich meine hervorragende Barbecue-Sauce an diesen Banausen verschwende.«
Das Überleben des Grillgastes hängt einzig und allein davon ab, wie gut er sich für das Unternehmen vorbereitet hat. Gäste bedürfen unbedingt eines Überlebens-Päckchens oder Notgepäcks. Es sollte folgendes enthalten:
Eine Taschenlampe, damit sie sehen, was sie nicht zu essen kriegen.
Buntes Flitterwerk und Glasperlen, um sie bei Eingeborenen gegen Nahrungsmittel einzutauschen, ehe das Grillessen serviert wird.
Einen Kalender, um den Zeitablauf nicht völlig aus dem Auge zu verlieren.
Sterile Gesichtsmasken, damit sie vom Insektenspray nicht ›high‹ werden.
Trockene Streichhölzer für den Gastgeber, sobald er gesteht, daß er nie bei den Pfadfindern war.
Als neulich spät abends die Gäste gegangen waren und ich durchs Gras kroch, um mein Besteck wieder zusammenzusuchen, sagte mein Mann voller Stolz: »Na, eine komplette Katastrophe kann es nicht gewe-

sen sein. Evelyn hat mich um das Rezept für meine Barbecue-Sauce gebeten.«

Ich konnte den Morgen kaum erwarten. Ich rief Evelyn an. »Stimmt das?« fragte ich. »Hast du meinen Mann tatsächlich um das Rezept für seine Barbecue-Sauce gebeten?«

»Aber ja«, sagte sie aufgeregt. »Verstehst du – gestern abend habe ich mir die Sauce auf den Rock getropft, und es hat keinen Fleck gegeben, im Gegenteil, es hat einen Fleck entfernt. Heute morgen habe ich mir einen Topf voll gekocht, und ob du's glaubst oder nicht: Dein Mann ist ein Genie. Seine Barbecuesoße vertilgt Unkraut, entfernt die Ölflecken vom Boden der Garage, putzt Metall, und man kann damit dem Hund die Kaugummiklümpchen aus dem Fell lösen.«

»Na wundervoll«, sagte ich. »Aber bewahr es bitte außer Reichweite der Kinder auf!«

»Ja, ich weiß«, sagte sie.

Weib gegen Wagen

Mein Mann und ich haben drei Kinder in die Welt gesetzt, haben drei Kriege überdauert, uns bei Beerdigungen gegenseitig getröstet und uns in kranken und gesunden Tagen beigestanden. Und neulich fahre ich rückwärts aus der Garage in den Hof, nehme die Kurve ein bißchen knapp und beule den Wagen seitlich ein. Da war er plötzlich ein ganz fremder Mann.

»Wohin denn?« fragte ich, als er nach Untersuchung des eingedellten Kotflügels ins Haus stürzte.

»Rühr nichts an und laß den Wagen stehen«, sagte er. »Ich rufe die Polizei.«

»Die Polizei?« schrie ich. »Das ist doch die Höhe. Ich bin schließlich deine Frau.«

»Jetzt ist nicht der Moment für Vetternwirtschaft«, sagte er nachdrücklich.

Ich hätte wissen müssen, daß man als Frau nicht mit einem Wagen konkurrieren kann. Seit Jahren predigen uns die Psychologen, daß die Beziehung eines Mannes zu seinem Wagen noch *vor* dem Sex rangiert.

Für diejenigen Frauen, die dieser Erkenntnis skeptisch gegenüberstehen, nachstehend ein paar Fragen:

1. Hat Ihr Mann Sie Vollkasko- oder auch nur Teilkasko versichert? Oder hat er Sie nur in einer Begräbniskasse eingekauft, durch die sie auf einen Abschleppwagen geschoben und an den Stadtrand gekarrt werden?

2. Haben Sie die Garantie für kompletten Ölwechsel alle 6 Monate, beziehungsweise alle 5000 km – was immer zuerst dran ist? Oder suchen Sie nur dann einen Arzt auf, wenn eine größere Operation notwendig wird?

3. Bekommt Ihr Mann einen Wutanfall, wenn er feststellt, daß jemand Ihnen ein Bonbonpapier in die Seitentasche gesteckt oder ein Stück Kaugummi aufs Instrumentenbrett geklebt hat?

4. Hat Ihr Mann Sie jemals aufs Dach geklopft und geäußert, daß man Sie noch sehr hoch in Zahlung geben kann?

5. Fährt er Sie dreimal wöchentlich in ein Restaurant und sagt zur Kellnerin: »Vollmachen bitte!«

6. Macht es ihm etwas aus, daß die Kinder die Füße auf Ihre Polsterung legen?
7. Protestiert er dagegen, daß Ihre Teenager mit Ihnen in der ganzen Stadt herumgondeln?
8. Würde er 8 Dollar zahlen, damit Sie irgendwohin abgeschleppt werden?
9. Würde er, wenn Sie morgens nicht anspringen, den ganzen Tag der Arbeit fernbleiben?

Wenn Sie auch nur auf eine dieser Fragen mit NEIN antworten, haben Sie einen vierrädrigen Scheidungsgrund.

Als der Polizist die Lage geprüft hatte, wandte er sich an meinen Mann und sagte: »Sir, Sie haben nicht vorschriftsmäßig geparkt. Der Wagen muß in einer Entfernung von mindestens 5 Meter von der Bordsteinkante stehen. Haben Sie Zeugen für den Unfall?«

»Nur meine Frau«, sagte er und lächelte mir zu.

»Ich habe diesen Menschen noch nie im Leben gesehen«, sagte ich.

Als der Polizist fort war, murmelte mein Mann: »Joanne wäre nie so verständnislos gewesen.«

»Wer ist Joanne?« fragte unser Elfjähriger.

»Joanne Woodward«, sagte mein Mann. »Ich weiß nicht, ob du das schon verstehst, mein Junge, aber Joanne Woodward, das ist wie wenn man sich mit zwölf rasiert, wie wenn man einen Wagen kaufen will und der Verkäufer führt einen sofort zu den Cabrios. Sie ist wie wenn die Schwiegermutter allergisch gegen einen ist, und wie wenn man keinen alten Ledergürtel braucht, um seinen Koffer zuzuschnüren.

Joanne ist nicht von dieser Welt. Sie trägt nie Lockenwickler, hat nie das Muster des Sofakissens im Gesicht und macht nie den Kamin sauber, ohne vorher Handschuhe anzuziehen. Sie braucht nie aufzustehen, weil sie der Hüfthalter zwickt, spricht nie beim Essen davon, dem Hund Wurmpulver zu geben. Joanne ist . . .«

»Bestimmt reitet sie klasse, oder?« fragte sein Sohn.

»Ich wußte ja, du bist noch zu jung, um es zu begreifen«, sagte er betrübt. »Aber ich verzeihe dir, und ich verzeihe auch deiner Mutter.«

3.
Sprecht zu mir, schließlich bin ich eure Mutter

Die ersten zwei Jahre im Leben eines Kindes bemüht man sich, ihm das Sprechen beizubringen. Die folgenden zehn Jahre verwendet man darauf, es zum Schweigen zu bringen, und den Rest des Lebens versucht man zu erreichen, daß es die Lippen bewegt und einen Laut von sich gibt.
Ich persönlich bin der Meinung, wenn der liebe Gott gewollt hätte, daß ich morgens spreche, hätte ER in seiner Weisheit ein Bandgerät in meine Brust gelegt und von meinem Nacken hinge ein Schnürchen zum Ziehen, wie bei einer Sprechpuppe.
Nie werde ich begreifen, daß es Menschen gibt, die aus dem Bett springen und die Bewegung ihrer Lippen zu Wörtern koordinieren, so daß Sätze entstehen, die eine Gedankenkommunikation ermöglichen. Diesen Punkt erreiche ich erst nach dem Mittagessen. Am Morgen habe ich einen Stammwortschatz von 16 Wörtern. »Nein. Mir egal. Im Wäschekorb. Wie heißt du doch noch? Senf oder Ketchup? In Papis Brieftasche.« Im Lauf von 23 Jahren ist keines dazugekommen, aber auch keines weggefallen.
Neulich schlurfte ich morgens in die Küche und tat

automatisch, was nötig war. Meine Tochter sagte: »Ich muß mir was kaufen.«
»In Papis Brieftasche«, unterbrach ich.
»Wo ist mein Lieblingspullover mit dem V-Ausschnitt?« fragte mein Sohn.
»Im Wäschekorb.«
»Kann ich ihn anziehen?«
»Nein.«
»Dann sitze ich ohne Pulli neben dem offenen Fenster und bin noch vor dem Mittagessen tot.«
»Senf oder Ketchup?«murmelte ich und hielt ihm sein Pausenbrot hin.
»Ketchup.«
Als ich gerade das Sandwich wieder aufklappte und versuchte, aus der Flasche Ketchup herauszuschütteln, klingelte das Telefon.
»Hallo«, sagte meine Tochter. »Kleinen Moment. Für dich, Mom.«
Ich schüttelte den Kopf.
»Sie kann jetzt nicht an den Apparat kommen«, sagte sie sarkastisch. »Sie hängt an der Flasche.«
»Wie heißt du?« fragte ich meinen Jüngsten. Er sagte es mir, und ich kritzelte den Namen auf sein Frühstückspaket.
»Eine Paula Peitsch hat angerufen«, sagte meine Tochter und drückte mir einen Zettel in die Tasche meines Schlafrocks. »Sie möchte sich zum Mittagessen mit dir treffen – im Goldenen Huhn.«
Ich nickte. Den ganzen Vormittag dachte ich an Paula Peitsch. Wer war das? Kannte ich sie und konnte mich nicht mehr an sie erinnern? War sie vielleicht eine Mitschülerin? Eine Dame von der Avon Kosmetik?

Die Vorsitzende von einem Verein? Die Frau eines Verlegers? Die Lehrerin eines meiner Kinder? Eine Sekretärin, die einem kompromittierende Fotos von der Betriebsweihnachtsfeier andrehen wollte?
»Ich weiß, Sie kennen mich nicht«, sagte mittags um 1 Uhr eine Stimme im Goldenen Huhn. »Aber ich habe Ihre Kolumne gelesen und mir gedacht, es müßte irrsinnig amüsant sein, mal mit Ihnen zu essen.«
»Wie heißen Sie?« fragte ich verglast.
»Paula Peitsch«, lächelte sie. »Ihr Kleid ist reizend. Wo haben Sie es gefunden?«
»Im Wäschekorb.«
»Was wollen Sie trinken?«
»Mir egal. Senf oder Ketchup.«
»Woher haben Sie all Ihre ulkigen Einfälle?«
»Aus Papis Brieftasche.«
Sie tat mir leid, aber es geschah ihr ganz recht.
Das Kommunikationsproblem besteht ja nicht in unserer Familie allein. Wir fingen mit einem Kind an, das man schon rein akustisch nicht verstand. Seit der Junge sein erstes Wort sprach, hat bis zum heutigen Tag eigentlich nie jemand gewußt, worüber er überhaupt redet. Aus einem unerfindlichen Grunde bin ich die einzige im Hause, die für ihn dolmetschen kann. Als er noch im Krabbelalter war, stand er stundenlang neben seinem Vater und schrie: »Mii, nonaa, nuu, nuu.« Sein Vater zuckte die Achseln und fragte: »Was will er?«
»Was wird er schon wollen«, sagte ich gereizt.
»Entweder er will uns mitteilen, daß der Hund keine kalten Spaghetti mag oder daß ihm das Lexikon nicht

gefällt, das wir ihm gekauft haben, oder er hat einfach seinen Schnuller verschluckt«, riet mein Mann.
»Er versucht nur, dir zu erzählen, daß ihm ein Plätzchen in die Hose gerutscht ist. Also wirklich – wie kann ein Vater nur so begriffsstutzig sein.«
Als er größer wurde, wurde es noch schlimmer.
»Hör mal, der Junge braucht Sprechunterricht«, sagte mein Mann.
»Was denn noch?«
»Eben sagt er mir, daß er keine Fallnüsse mag. Meint er nun Fallobst oder Walnüsse?«
»Das W ist ihm immer schon schwergefallen«, nahm ich meinen Sohn in Schutz.
»Wenn's ja nur das W wäre. Wenn der so weiterredet, stecken die ihn in eine Klasse, wo er den ganzen Tag Wäscheklammern und Rezepthalter aus Holz machen muß.«
»Aber er gibt sich doch solche Mühe, wie wir alle zu reden«, seufzte ich. »Er beherrscht eben unseren Wortschatz noch nicht.«
»Das kann man wohl sagen«, äußerte sich sein Bruder. »Im Schulbus hat er neulich erzählt, wenn er groß ist, wird er ein indischer Joghurt.«
»Und einem meiner Kunden hat er neulich abends am Telefon gesagt, ich könnte nicht an den Apparat kommen, ich sei im Moment nicht zugänglich. Es muß etwas geschehen.«
Das andere Extrem ist unser Sohn, der nur vier Wörter pro Jahr spricht. Als ich eines Tages Eigelb und Eiweiß trennen wollte, rutschte mir das Ganze auf den Fußboden. Da sah er mich an und sagte: »Futsch, Mami.«

Meine Augen feuchteten sich. Ich hätte nicht zu hoffen gewagt, daß er überhaupt weiß, wer ich bin.
Mütter, deren Kinder reden, habe ich immer beneidet. Was für Einblicke können sie tun in die Seele ihres Kindes. Wie schön haben sie es ... das vertraute Lachen ... das erste Geheimnis, das sie mit ihren Kindern teilen ...
Unsere Beziehung dagegen gleicht mehr der des Präsidenten zum Kongreß.
»Was hängt da aus deinem Notizbuch?«
Achselzucken. Schweigen.
»Morgen werden Klassenfotos gemacht? Und was ist das da? Ein Versicherungsformular für Fußball. Ich wußte gar nicht, daß du so auf Fußball stehst? Was spielst du? Und wann spielt ihr?«
Achselzucken. Grimasse.
»He, das ist ja was, was an mich gerichtet ist. Die wollen jemand, der zum Schülerfest Kuchen backt. Ich glaube, das könnte ich schaffen.«
»Das ist noch vom vorigen Jahr.«
»Oh. Und hier ist noch etwas. ›An die Revolutionstruppen. Der Potomac wird heute abend um 7 Uhr 30 überschritten. Geld mitbringen. Gezeichnet George Washington.‹ Na ja, ich hab' gedacht, mit Humor geht alles besser.«
Seufzer.
»Ach sieh mal da, eine Einladung an alle Eltern. Da werde ich wohl hingehen.«
Stöhnen.
Aber wenn Sie meinen, für die Mutter eines stummen Kindes sei es daheim am schmerzlichsten, gehen Sie mal zu einem Elternsprechtag.

Ich saß noch nicht, da sprach mich schon eine der Mütter an.
»Sagen Sie mal, was halten *Sie* denn von dem Vorkommnis im Heizungskeller? Ihr Sohn wird Ihnen ja sicher davon erzählt haben, oder?«
Eine andere stürzte auf mich zu und sagte: »Den neuen Direktor habe ich ja sofort erkannt, so genau hat mein Sohn ihn mir beschrieben. Sie nicht auch?« (Meine Dame, ich hätte nicht einmal das Gebäude gefunden, wenn nicht ein Pfadfinder auf dem Parkplatz gestanden hätte.)
Und schließlich: »Zu schade, daß Sie keine Zeit hatten, zur Preisverleihung zu kommen. Wir dachten, wo doch Ihr Sohn in diesem Team mitspielt . . .«
Als ich schon gehen wollte, legte mir die Lehrerin meines Sohnes die Hand auf den Arm. »Ich hätte mich gern mal mit Ihnen über das Problem Ihres Sohnes unterhalten«, sagte sie.
Aha. Jetzt kam's. Ich war nicht schuld. Der arme, gehemmte Junge konnte sich nicht ausdrücken und lebte in einer Welt des Schweigens.
»Ihr Sohn kann anscheinend nie den Mund halten«, sagte die Lehrerin. »Er spricht dauernd während des Unterrichts dazwischen, brüllt Antworten, ehe ich fertig gefragt habe. Seine Mitschüler nennen ihn ›das Maschinengewehr‹.«
»Also direkt redselig war er nie«, gestand ich. »Zu Hause spricht er nur in Bulletins. Wie in Fernsehreklamen, wo der Ehemann seine Frau fragt: ›Schnupfen weg?‹ und sie nickt und antwortet: ›Temperatur normal. Husten weg. Geht mir prima.‹ Wenn mein Sohn

von der Schule heimkehrt, komme ich mir vor wie Chef Ironside, der einen Zeugen verhört.«
Es stimmt, ich versuche ein Gespräch dadurch in Gang zu bringen, daß ich frage: »Na, wie war's heute in der Schule?«
»Ging.«
»In der Brottrommel sind noch Schmalzkrapfen, falls du welche willst.«
»Weiß schon.«
»Dein Bruder hat einen angebissen, aber . . .«
»Gemeinheit.«
»Wer war denn der Junge, mit dem du da gegangen bist?«
»Der Fischer.«
»Ist der nett?«
»Nein.«
»Nicht? Warum denn nicht?«
»Is' 'ne Flasche.«
Eines Abends waren wir gerade wieder bei solch tiefschürfendem Gedankenaustausch, da kam sein Vater heim.
»Nun hör ihn dir bloß an!« rief ich aus. »Wenn der Junge nicht bald anfängt, sich mitzuteilen, müssen wir ihm Spritzen geben lassen, daß ihm der Kehlkopf nicht austrocknet.«
»Laß doch, nicht jeder ist mitteilsam.«
»Na, weißt du! Als er neulich von der Schule heimkam, hatte ich mich auf den Fußboden gelegt, um festzustellen, ob er was sagt, wenn er mich ohnmächtig daliegen sieht. Weißt du, was er getan hat? Er hat sich über meinen regungslosen Körper gebeugt und gefragt: ›Ist die Sportillustrierte schon da?‹«

»Sie müssen«, sprach die Lehrerin meines Sohnes, »versuchen, diese Kluft zu überbrücken. Sich in seine Welt begeben und ihm zeigen, daß sie ihn liebhaben.«

Einige Wochen danach brach ich eine meiner eisernen Haushaltsregeln. Ich betrat sein Schlafzimmer. (Wir wollten eigentlich damit warten, bis er heiratet und wir dann das Haus verkaufen.) Er hatte ein Schreibheft vor sich liegen und stocherte mit dem Kugelschreiber in den Zähnen.

»Was ist die größte Umweltbedrohung für die Menschheit?« fragte er unvermittelt.

»Dieses Schlafzimmer«, sagte ich und sah mich fassungslos um.

»Die Menschen selbst«, verbesserte er. »Die sind nämlich so schlampig. Ich muß einen Aufsatz darüber schreiben, wie man das abstellen könnte.«

»Wo hast du üblicherweise dein Bett?« fragte ich und schaffte mit ein paar Handgriffen Platz.

»In der Mitte des Fußbodens«, sagte er. »Es ist noch nicht gemacht, weil ich es gerade lüfte.«

»Du lüftest es seit drei Jahren«, sagte ich. »Und warum liegst du drin mit 84 Sportzeitschriften, einem Pappbecher, einer Autoradkappe und achtzehn nicht zusammenpassenden Socken?«

»Ökologie«, grübelte er laut, »geht jeden an. Man muß beim Einzelnen anfangen. Jedes Bonbonpapier zählt und jeder Kronkorken.«

»Warum tränen einem hier drin so die Augen?« krächzte ich.

»Ach, das ist nur das Aquarium«, meinte er. »Der Staubsaugerfisch tut nicht, was er soll.«

Ich besah mir den Behälter mit dem fauligen Wasser und der gurgelnden und schmatzenden Pumpe. Möglicherweise war dies das einzige Wasser, das außer dem Cuahoga-Fluß in Cleveland Feuer fangen konnte.

»Gleichgültigkeit«, fuhr er fort. »Es geht ganz einfach um die allgemeine Gleichgültigkeit. Wenn man doch den Leuten klarmachen könnte, wie sehr sie die Landschaft verunstalten – –«

»Hebst du diese Limo-Flaschen aus einem besonderen Grund auf?« fragte ich.

»In einer davon ist eine Viper«, sagte er beiläufig. »Wo war ich doch noch. Ah ja, Umweltverschmutzung. Wie wäre beispielsweise: ›Laßt uns zusammenhalten, eine Lobby bilden, Druck auf die Verunstalter dieses Planeten ausüben!‹«

»Prachtvoll«, sagte ich. »Hast du gewußt, daß du Turnschuhe unterm Bett hast, die schon stockfleckig sind? Und einen Jahresvorrat zerknüllter Tempotaschentücher im Sockenfach? Und ein Stück grünes Brot unterm Kopfkissen? Ein Nest in deiner Zahnbürste und auf dem Boden von deinem Schrank ein Handtuch, das eben mit mir gesprochen hat?«

»Mami«, mahnte er, »hilfst du mir nun bei dem Ökologie-Aufsatz, oder willst du dich unterhalten?«

Ich höre was, was du nicht sagst . . .

Um es einmal kurz zusammenzufassen: Ich traue keinem unter dreißig. Ich habe schon, als ich selbst noch unter dreißig war, keinem unter dreißig mehr getraut. Insbesondere Kindern nicht. Sie lügen nicht

mit Absicht, aber sie verzapfen Räubergeschichten, wie es sie seit Jack London nicht mehr gibt, nur indem sie etwas weglassen oder dazuerfinden.
Eine meiner Freundinnen wurde eines Tages von ihrem Sohn gefragt, ob er mit einem Leih-Bus zu einem Basketballspiel nach New York fahren dürfe.
Es schien kein unbilliger Wunsch. Sie stellte die üblichen Fragen: Ob ein Erwachsener dabei sei? Ob alle anderen auch mitführen? Ob es von der Schule ausginge? Erst nachdem ungefähr 55 wütende Eltern sie angerufen hatten, wurde ihr klar, daß ihr Sechzehnjähriger, ein Führerscheinsäugling, den Bus ins Zentrum von New York zu fahren gedachte. Diese Kleinigkeit hatte er nicht erwähnt.
Besonders bei Teenagern muß man lernen, Verschleiertes in Klartext zu übersetzen.
»Darf ich am Samstagabend zu einer Party«, fragt das Töchterchen.
»Wer gibt sie denn?« fragen Sie, die Mutter.
»Eine von den Mädels.« (Ihre Tochter nämlich.)
»In einem Haus?«
»Ja.« (Nämlich Ihrem.)
»Sind die Eltern dabei?«
»Wahrscheinlich.« (Wenn die Eltern es schaffen, in drei Stunden von einem Wochenendausflug nach Miami, Florida, nach Cleveland, Ohio, zurückzufahren.)
»Wer kommt denn alles?«
»Nur ein paar Kinder aus der Schule.« (Es gibt fünf Schulen allein in diesem Stadtteil.)
»Wie viele denn?«

»Zwanzig, dreißig.« (Paare.)
»Ich hoffe doch, daß es rechtzeitig aus ist.«
»Aber bestimmt.« (Mit etwas Nachhilfe der Ortspolizei.)
Ich könnte ein Buch mit den unglaublichen Geschichten füllen, die meine Kinder mir so erzählen, als seien sie das Evangelium. Mein Sohn erzählte mir von einem Jungen, der mit dem Millionär Howard Hughes nahe verwandt war. Da jedoch (das war der Haken) Hughes verschwunden sei, bekäme er sein Taschengeld nicht mehr. Darum wolle er für 25 Cent eine Fliege schlucken. Mein Sohn glaubte ihm jedes Wort.
Ein andermal erzählte er mir von einem Klassenkameraden, der sein eigenes Flugzeug flog und an einem Wochenende in Minneapolis gekidnappt worden sei. Mein Sohn glaubte jedes Wort.
Aber eines Tages kam er zu mir in die Küche und fragte: »Was für ein Tag ist heute?«
»Dienstag«, sagte ich. »Gestern war Montag, und morgen ist Mittwoch.«
Da legte er den Kopf auf die Seite und fragte: »Bist du ganz sicher?«

Reden ist Silber . . .

Da heißt es immer Kommunikation während der gemeinsamen Mahlzeit sei das A und O der Erziehung. Und als es in unserem Haus bei Tisch allmählich zuging wie bei einer Aussegnungsfeier, beschlossen wir etwas zu unternehmen.
»Wir haben beide etwas falsch gemacht«, sagte ich zu

meinem Mann. »Wir dürfen die Kinder nicht bei Tisch kritisieren und ermahnen. Nicht mehr darauf herumhacken, wer heute das Rad wieder draußen im Regen hat stehenlassen und daß es verrostet. Kein Genörgel mehr, daß sie Tischmanieren haben wie Heinrich der Achte. Keine Vorhaltungen mehr über Zeugnisse, unaufgeräumte Zimmer oder daß eines der Kinder den Wagen mit leerem Tank heimgebracht hat. Nicht immer wieder davon anfangen, wer mit dem Abspülen dran ist und wer die Schere verschleppt hat und wer die Abfallhaufen im Hof nicht weggebracht. Wenn wir nicht aufhören, sie beim Essen zu kritisieren, kriegen sie Magengeschwüre.«

An diesem Abend herrschte bei Tisch bedrückte Stille.

»Wir haben heute einen recht interessanten Vortrag gehört«, begann mein Mann, »es ging um Schutzmaßnahmen im Falle eines Atomkrieges.«

Die Kinder kauten schweigend.

»Ratet mal, wen ich heute im Supermarkt getroffen habe?« Sie aßen stoisch weiter und tauschten nur hie und da einen verstohlenen Blick.

»Hat einer von euch gemerkt, daß ich den Kühlschrank abgetaut habe?« fragte ich.

»Kennt einer von euch die hübsche Geschichte, wie Art Linkletter eine Fünfjährige fragt, welches Tier sie sein möchte, wenn sie groß ist?«

Schließlich sprach eines der Kinder. »Wollt ihr denn nicht wissen, wer die Scheibe in der Verandatür zerbrochen hat?«

»Nein, Liebchen, nun iß schön.« Ich lächelte milde.

»Wird denn heute nicht darüber geredet, wer die Dek-

kel von den Abfalltonnen vergessen hat draufzutun, und dann haben die Hunde alles rausgezerrt?« fragte ein anderes Kind.
»Nein, bestimmt nicht. Beim Essen spricht man nicht von Unangenehmem.«
»Nicht einmal davon, wer mit wem für wann getauscht hat und wer dran ist mit Abdecken?«
»Nicht beim Essen«, sagte ich leise.
Wie auf ein Stichwort schoben alle ihre Stühle zurück und ließen ihre halbgeleerten Teller stehen.
»Was ist denn los?« fragte ich.
»Wir können nicht essen, wenn ihr sauer auf uns seid«, sagten die Kinder.

Draußen vor der Tür

Mit einem Kind Kontakt zu bekommen, ist für Eltern nicht leicht. Besonders dann nicht, wenn es gerade seine verschlossene Phase hat. In unserem ganzen Haus standen von jeher alle Türen offen. Jeder durfte sich aufhalten, wo er wollte, und war doch deutlich zu sehen. Jetzt hat unser Heim den Charme einer geschlossenen Anstalt. Neulich klopfte ich laut an die Schlafzimmertür.
»Wer ist da?« fragte eine Stimme.
»Deine Mutter.«
»Wer?«
»*Mama!*«
»Bist du sicher?«
»Ja.«
»Was willst du?«

»Mach die Tür auf. Ich habe mit dir zu reden.«
»Schickt vielleicht ER dich, weil er seine Platten zurückhaben will?«
»Nein. Schließ sofort auf.«
Die Tür öffnete sich einen Spalt. Ein Auge lugte heraus. »Ach, du bist es?«
»Wen hast du denn erwartet. Den Nikolaus? Komm zum Essen!«
Die Tür wurde wieder zugeknallt. Mich an der Telefonschnur entlangtastend, spürte ich das nächste Kind auf: in einem geschlossenen Wandschrank.
»Ich weiß, daß du da drin bist. Der Draht ist warm. Komm zum Essen.«
Stille. Dann wisperte eine Stimme: »Sie hört mit. Ich ruf' dich wieder an.«
Nummer 3 war eine harte Nuß. Ich fand meinen Sohn hinter verschlossenen Türen in der Garage, wo er auf seinen Trommeln übte.
»Hörst du mich?« brüllte ich. »Abendessen!«
»Wer hat dir gesagt, daß ich hier bin?«
»Die Nachbarn.«
Bei Tisch fragte ich dann alle drei: »Warum schließt ihr euch eigentlich in euren Zimmer ein? Wäre es nicht denkbar, daß wir die jeweilige Intimsphäre auch ohne Schlösser und Riegel respektieren? Diese Gruppe an einem Eßtisch zu vereinen, macht ungefähr so viel Mühe wie das Knacken eines Banktresors.«
»Hör zu, Mom«, erläuterten sie voller Geduld, »wir durchlaufen gerade eine Phase, in der wir ungestört sein möchten. Wir brauchen Zeit, uns selbst zu finden, herauszufinden, wer wir sind, was wir sind und wohin unser Weg führt. Das wirst du doch begreifen?«

Etwas später am gleichen Abend hatte ich mich im Bad eingeschlossen, da wurde ein Zettel unter der Tür durchgeschoben. »Ich brauche eine Mark. Wo ist deine Handtasche?«

Ich schrieb zurück: »Ich finde gerade zu mir selber. Da ich nicht weiß, wer ich bin, ist es klar wie Kloßbrühe, daß ich ebensowenig weiß, wo meine Handtasche ist.«

Die Fachleute sagen, manchmal erfordere der Moment, zu reden, und manchmal, zu schweigen. Bei Teenagern weiß man nie, was gerade dran ist. Ich fuhr mit meiner Tochter im Wagen, plötzlich bog sie ohne Grund in eine Sackgasse. Behutsam sagte ich: »Ich glaube, du drehst besser um.« Sie fuhr ruhig weiter, also erhob ich leicht die Stimme: »Vor uns ist eine Absperrung, du mußt wohl umdrehen.« Sie saß wie ans Lenkrad geschmiedet, bis ich schließlich hysterisch kreischte: »Um Gottes willen, halt!« Sie trat auf die Bremse, sah mich an und sagte leise: »Können wir uns denn nie ruhig unterhalten? Immer schreist du mich an.«

Das klang zwar nicht unbedingt nach einer feierlichen Einladung, mir aber doch wie Engelsgesang. »Ich habe mir schon lange gewünscht, mich mal mit dir zu unterhalten«, gestand ich. »Hauptsächlich darüber, welches College du dir denn nun aussuchen willst. Mir ist aufgefallen, daß du in letzter Zeit von überall Anmelde-Vordrucke zugeschickt bekommst, auch von Schulen jenseits des Eisernen Vorhangs, und da habe ich mir gedacht, Papi und ich könnten dir vielleicht aussuchen helfen.«

»Wozu wollt ihr euch irgendein College ansehen«, meinte sie vorwurfsvoll. »Ihr müßt ja doch nicht hin.«
»Hab Nachsicht mit uns«, meinte ich sanft. »Wir sind alte Leute und sehr ängstlich. Dein Vater und ich möchten uns nur davon überzeugen daß alligatorengefüllte Wassergräben zwischen den männlichen und weiblichen Schlafsälen sind, und daß die Hausmutter nicht irgendwelche komischen Zigaretten raucht.«
»Wenn es dabei bliebe, wäre mir das piepegal«, sagte sie mürrisch, »aber du und Papi, ihr stellt ja immer tausend Fragen. ›Was kostet es?‹ ›Wieviel Bügelbretter pro Etage stehen zur Verfügung‹, oder ›wie viele Schülerinnen sind in den einzelnen Klassen?‹ Alles Blödsinn.«
Das erste College, das wir besichtigten, gefiel uns gut. Theoretisch war es erstrangig. Unsere Tochter aber schüttelte entsetzt den Kopf.
»Ihr habt leicht reden. Habt ihr die fünf Jungen vom Studentenrat gesehen? Klein, klein, klein, klein, klein.«
Auch das nächste College, das wir uns ansahen, hatte durchaus seine Vorzüge. (Außerdem fünf Bügelbretter auf je fünfundzwanzig Studentinnen).
»Kommt nicht in Frage«, erklärte unsere Tochter. »Einen vollen Tag Anfahrt zur Skipiste.«
Im Verwaltungsgebäude des dritten hing ein Poster von Fidel Castro, sonst schien es annehmbar.
»Kommt nicht in die Tüte«, weigerte sie sich. »Der Registrator hatte einen Stoppelhaarschnitt.«

Weitere Colleges wurden abgelehnt, weil

a) der Geistliche verlangte, daß man einmal monatlich an die Mutter schrieb,

b) das Fußballteam schlecht abgeschnitten hatte,

c) Pauline Frank dort genommen worden war, und wenn die Pauline Frank nahmen, dann nahmen die auch wer weiß wen.

»Ich wollte, ihr wärt ein bißchen mehr wie Wickies Eltern«, sagte sie. »Die schauen sich auch Colleges an, aber sie nerven einen nicht so damit.«

Mein Mann und ich hatten noch nie einen Tennisplatz beim Licht einer Taschenlampe besichtigt, doch wenigstens sprach unsere Tochter während dieses Erkundungsganges mit uns. Sie sagte: »Noch ein bißchen tiefer bücken.«

Ihre Abreise ins College war ein echtes Drama. Sie sagte zwar auch bei dieser Gelegenheit nicht viel, doch was sie tat, rührte uns Eltern zu Tränen.

Als wir durch die leeren, ausgeräumten Zimmer unseres Hauses wanderten, hallten unsere Schritte auf den Dielen. Endlich ergriff mein Mann das Wort.

»Es ist unglaublich, findest du nicht? Da haben wir nun 23 lange Ehejahre gebraucht, um 8 Räume zu möblieren, sie mit elektrischem Gerät, Bettwäsche für fünf Betten und einer angemessenen Garderobe für alle auszustatten, und jetzt – – jetzt ist alles weg.«

Ich nickte. »Das Tollste ist, daß sie alles in ihrem Mini untergebracht hat.«

»Ich kann es einfach nicht fassen«, sagte er und schloß die Türen des leeren Wäscheschranks. »Die Bettlaken, die Handtücher, unsere Heizdecke, alles weg. Ich brauche jetzt unbedingt eine Tasse Kaffee . . .«

»Wenn du aus dem Aschenbecher trinken willst?«

»Laß nur«, sagte er. »Ich setze mich jetzt erst mal bequem hin und . . .«

»Vorsicht«, warnte ich. »Sie hat deinen kleinen, weichgepolsterten Sessel mitgenommen, in dem du immer so gern saßest.«

»Und was ist mit dem Fernseher?«

»Den hat sie als erstes eingepackt, zusammen mit dem Transistorradio, dem Fön, dem Schminkspiegel, dem Bügeleisen, dem Elektrokochtopf, deinem Rasierapparat und deinem Anorak.«

»Ich vermute wohl richtig, daß auch der Schallplattenspieler . . .«

Ich nickte. ». . . er ist unterwegs ins College. Ebenso die Schreibmaschine, der Ventilator, der elektrische Zusatzofen, das Anschlagbrett aus der Diele, die Kegelkugeln, der Popcornröster und alle Bände des Konversationslexikons.«

»Wie kriegt sie bloß alles in die Schule rein?«

»Ich glaube, sie hat das Fahrrad zerlegt und unter den Fahrersitz geschoben.«

»Und was machen wir jetzt?« fragte er und warf einen letzten Blick durch die geplünderten Räume.

»Wenn wir noch jünger und knuspriger aussähen, könnten wir uns beim Fernsehen melden. Bei einem Spiel für Jungverheiratete kann man Waschmaschine und Trockenschleuder gewinnen.«

»Ich glaube, wir haben eine Masse Rabattmarken geklebt, für die könnten wir doch . . .«

»Das geht nicht«, sagte ich leise, »die Rabattmarken hat sie mitgenommen.«

»Dann verreisen wir eben ...«
»Wenn noch Koffer da sind«, gab ich zu bedenken.
»Aber das ist doch idiotisch«, schnauzte er. »Warum kann sie eigentlich nicht das hiesige College besuchen?«
»Sie wollte unserem Materialismus entfliehen.«

4.
Weg mit dem Speck

Die Damen unseres Villenvororts ›Hypothekenhöhe‹ haben angefangen, Gewichtsabnahme als Gruppenerlebnis zu betreiben. Wir treffen uns jeden Montag bei Kaffee und Schmalzkrapfen, sitzen da und schauen uns gegenseitig auf den Bauch. Es ist so tröstlich, daß es auf der Welt noch andere Frauen gibt, die bei Hitze die Beine nicht übereinanderschlagen können.

Vorigen Montag – ich hatte eben öffentlich bekannt, daß ich einen halben Kissenbezug voll Bonbons aufgegessen hatte, noch bleibt mir der Schuhkarton voller Schoko-Riegel im Tiefkühlfach – kam das Gespräch auf die Motivation für das Diäthalten.

»Ich fange mit der Diät an, wenn mich das Nachthemd in der Taille kneift«, sagte die eine.

»Ich nicht«, sagte die andere. »Aber wenn mir jemand ein Kompliment über mein A-Linien-Kleid macht und es ist gar kein A-Linien-Kleid, dann weiß ich, jetzt wird's Zeit.«

»Ich muß irgendwo eingeladen sein«, meinte eine

dritte. »So wahr ich hier sitze, wenn mich einer ins Weiße Haus einlüde, ich nähme 12 Pfund ab – einfach so.« (Sie schnippte mit den Fingern.)
»Mich motiviert der Urlaub«, sagte eine andere. »Vor dem Urlaub hungere ich mir alles herunter, damit ein Haufen Leute, die mich noch nie gesehen haben, mich so mästen können, daß ich beim Heimkommen wieder so aussehe, wie vor der Schlankheitskur.«
»Bei mir schafft's das Heimkino«, sagte eine und nahm sich einen Schmalzkrapfen.
»Ach so, Sie meinen, Sie sehen sich in den Filmen und finden sich zu dick?«
»Nein, die Familie befestigt ein Laken auf mir und benutzt meine Rückseite als Filmleinwand.«
Schließlich äußerte auch ich mich. »Bei mir gibt's nur eines, was mich zum Abnehmen motivieren könnte: ein Machtwort von meinem Mann. An meinem Übergewicht ist er schuld. Wenn er ein einziges Mal Ärger oder Abscheu zeigen oder sagen würde: ›Entweder du tust was für deine Figur, oder du trittst als Gruppe auf‹, würde ich etwas unternehmen. Neulich abends habe ich ihm mal richtig Bescheid gesagt: ›Es ist eine Schande, daß du deine Frau mit 13–18 Pfund überflüssigem Speck rumlaufen läßt. Wenn das so weitergeht, werde ich in keinen Korbsessel mehr passen. Was gedenkst du zu tun? fragte ich, statt einfach dazusitzen und mir ein weiteres Plätzchen anzubieten? Lach mich aus. Mach, daß ich mich schäme. Blamiere mich auf Parties. Sicher, ich wäre zuerst wütend, aber das würde ich überwinden und danach ein schlankerer, ein besserer Mensch werden. *Ein* Wort von dir, und ich hätte

meine Motivation.‹ – ›Hungern!‹ sagte er gelassen hinter seiner Zeitung. Zum Glück war das nicht das richtige Wort. Gib mir noch einen Schmalzkrapfen herüber, Maxine.«

Gewogen und zu schwer befunden

Ich halte seit ungefähr 20 Jahren ununterbrochen Diät und habe insgesamt circa 700 Pfund abgenommen. Man kann das so herum oder so herum rechnen, aber eigentlich müßte ich von einem Armband baumeln, als Glücksbringer.

Ich nehme zwar die Organisation der Gewichtsbewußten gern mal auf die Schippe – und doch – nur dort habe ich echt abgenommen. Trotzdem habe ich sie bekämpft. Jeden Dienstagmorgen muß sich eine Gruppe von uns zu einem Wieg-in einfinden. Unser Ritual geht weit über das hinaus, was menschliche Vorstellungskraft erfinden kann. Wir gehen eine Kontrolliste durch, ehe wir uns auf die Waage stellen.

Schon auf der To gewesen? Entwässerungspille genommen? Unterwäsche, Ehering, Nagellack abgelegt? Schuhe, Hühneraugenpflaster und Ohrclips? Ist das unter dem Wintermantel auch ganz bestimmt ein Sommerkleid?

Als ich in der ersten Woche auf die Waage stieg, sagte meine Trainerin: »Sie haben zugenommen.« (Für die folgende Woche ließ ich mir die Haare schneiden.)

Beim nächsten Mal sagte sie: »Sie haben zwar ein halbes Pfund abgenommen, doch das genügt nicht.« (Ich ließ mir die Zahnplomben rausnehmen.)

In der dritten Woche hatte ich ein volles Pfund verloren, aber meine Trainerin war noch immer nicht zufrieden. (Ich ließ mir die Rachenmandeln herausoperieren).

Schließlich motzte sie mich richtig an. Sie beschuldigte mich, die Diät nicht einzuhalten und die ganze Sache nicht ernst genug zu nehmen.

»Ich wollte es Ihnen nicht sagen«, flüsterte ich. »Aber ich glaube, ich bin schwanger.«

»Seit wann?« fragte sie kalt und ließ ihren Kugelschreiber einschnappen, um es in meine Karte einzutragen.

»Ungefähr seit drei Tagen«, sagte ich.

Sie maß mich mit finsterem Blick. »Haben Sie sonst noch Entschuldigungen?«

»Meinen Sie, es könnte daran liegen, daß ich erkältet bin und einen dicken Kopf habe?«

»Nein.«

»Oder daran, daß wir Opas 100. Geburtstag feierten und ich etwas Butter zum Mais genommen habe?«

Sie klopfte ungeduldig mit dem Kugelschreiber auf die Karte und sah mich schweigend an.

»Fusseln im Nabelgrübchen?« bot ich ihr an.

»Das nicht, aber vermutlich immer die erste am Futtertrog«, meinte sie trocken.

Ich begriff schnell, daß ich mich nicht mit jemand streiten durfte, der die Waage auf seiner Seite hatte.

Neulich traf ich meine ehemalige Trainerin. Sie musterte mich prüfend und fragte: »Wann kommen Sie wieder in den Kurs?«

»Sobald der Blinddarm draußen ist«, erwiderte ich und gab ihren Blick mit Festigkeit zurück.
Ich bin nicht ganz sicher, aber ich glaube, ich habe sie stöhnen hören.

Die richtige Einstellung

Ich bin es leid, daß die Leute immer zu mir sagen: »Menschenskind, haben Sie es gut. Einen Ehemann, der nicht trinkt, drei gesunde Kinder, eine Villa im Grünen und eine kleine Nebenbeschäftigung, um sich davon Strümpfe zu kaufen.«
Nun will ich Ihnen mal was sagen: Auch mein Leben ist kein reines Honigschlecken. Würde es Ihnen gefallen, Tag für Tag morgens aufstehen zu müssen, und sich einer siebzehnjährigen Tochter gegenüberzusehen, die 100 Pfund wiegt, Größe 36 trägt und das Frühstück mit der Bemerkung verweigert, sie habe keinen Hunger?
Jedesmal zerreißt es mir das Herz, wenn ich das höre. Ich stelle mir zwei Wecker, um nur ja keine Mahlzeit zu versäumen, und sie sagt schlicht: Ich habe keinen Hunger.
Mein Mann behauptet, ich litte an verdrängten Aggressionen, die sich in so mancher gespannten Mutter-Tochter-Beziehung manifestiert, und Groll, Eifersucht und Konkurrenzneid beinhaltet.
»Unsinn«, sage ich. »Ich habe nur Sodbrennen von den kalten Kohlrouladen, die ich gestern vor dem Schlafengehen noch gegessen habe.«
Als ich mir neulich wieder drei Stück gebratenen

Frühstücksspeck hineinwürgen mußte, die meine Tochter unberührt liegengelassen hatte, beschloß ich, zwischen uns reinen Tisch zu machen.

»Hör zu«, sagte ich, »es ist nicht normal, wenn man morgens aufwacht und keinen Hunger hat. Zwischen dem Abendessen daheim und deinem Schul-Pausebrot liegen 16 Stunden. Das ist einfach zu lang.«

»Manche Menschen brauchen eben kein Essen.«

»Brauchen kein Essen?« stieß ich hervor. »Ich will dich ja nicht unnötig ängstigen, aber neulich ist dir, als du morgens zur Schule gingst, ein Geier gefolgt.«

»Tut mir leid, aber wenn ich was esse, wird mir übel.«

»Weißt du denn nicht, was du deiner Mutter damit antust?« jammerte ich. »Du bringst sie um. Jawohl. Ich kann dich nicht mehr lang so mitschleppen. Als du noch klein warst, hat es mir nichts ausgemacht, deine Reste aufzuessen: den Erbsenbrei, das Kürbismus, das pürierte Kalbfleisch. Aber als du größer wurdest, wuchs auch die Belastung. Seit 17 Jahren muß ich zweimal frühstücken und die Folgen zeigen sich. Ich nehme leicht zu. Weißt du noch, wie ich die Grippeschutzimpfung bekam und daraufhin 3 Pfund zunahm? Aber dir ist es ja egal, was aus deiner Mutter wird . . .«

»Den Hund brüllst du auch nicht an, wenn er seine Hundekuchen stehenläßt«, sagte sie und knallte die Tür hinter sich zu.

Wissen Sie was? Mit ein bißchen Ketchup drauf schmecken die nicht einmal schlecht.

Ich will Feindschaft säen zwischen den Dicken und den Dünnen

Wenn ich für einen Menschen auf der Welt *kein* Mitleid empfinde, dann für das Persönchen, das mir einreden will, es wolle gern zunehmen und schaffe es nicht. Das klingt doch, als ob sich Zsa Zsa Gabor bei einer alten Jungfer darüber beklagt, daß es keine bügelfreien Brautkleider zu kaufen gibt.

Eine solche schlanke Gerte hielt mich neulich im Supermarkt an und fragte vorwurfsvoll: »Warum schreiben Sie eigentlich nie was über die Dünnen? Die sind nämlich über ihre Magerkeit genauso unglücklich wie die Dicken über ihre überschüssigen Pfunde.«

»Hören Sie mal, Sie Fieberthermometerfigur«, sagte ich und sah mich nervös um. »Wenn man mich hier mit Ihnen reden sieht, streichen die mich in der Konfektionsabteilung von ihrer Katalog-Liste für Vollschlanke.«

»Wieso denn?« jammerte sie. »Wie soll es denn je zum Weltfrieden kommen, wenn Dicke und Dünne nicht mehr miteinander sprechen.«

Ergeben blickte ich auf. »Also, was wollen Sie von mir?«

»Ratschläge, wie man zunimmt«, bettelte sie.

»Lächerlich«, seufzte ich. »Wie es bei mir vor sich geht, weiß ich nicht, jedenfalls nehme ich zu, wenn ich meine eigenen Worte verschlucke. Ich nehme zu, wenn ich am Bleistift kaue. Ich habe sogar im Kreißsaal 5 Pfund zugenommen.«

»Aber ein paar Tips werden Sie mir doch geben können?«

»Na schön. Hier ist der Bombeck-Verfettungsplan:

1.) Halten Sie ab sofort Diät. Es gibt keine bessere Methode zuzunehmen, als die halbe Stadt anzurufen und zu verkünden, man wolle bis Ferienende 15 Pfund abgenommen haben. Unter Umständen schaffen Sie es damit, wöchentlich zwei Pfund zuzunehmen.

2.) Gehen Sie zu Ihrem Klassentreffen. Wie auf Stichwort wird Ihr Taillenband enger werden, ihr Doppelkinn stufenweise auf die Brust hängen und Ihre Schultern werden sich verbreitern wie bei Joan Crawford selig.

3.) Lesen Sie abends im Bett als letztes ein Kochbuch. Nahrhafte Rezepte zur Schlafenszeit sind schwer verdaulich und setzen leicht an. Auch treiben sie einen um Mitternacht aus dem Bett, um Pfannkuchen zu backen und Milchshakes zu mixen.

4.) Setzen Sie sich neben Korpulente. Übergewicht ist ansteckend. Die haben immer etwas zum Knabbern bei sich und das dringende Bedürfnis, es mit anderen zu teilen. Ich habe in Gymnastikkursen, Bädern und Trimm-dich-Clubs mehr zugenommen als sonstwo.

5.) Drastische Maßnahmen: Werden Sie schwanger. Kriegen Sie einen Kater (dabei bekommen Sie wenigstens einen dicken Kopf). Denken Sie mal an eine dieser modernen Fett-Transplantationen. Ich habe da eine mollige Bekannte, die nur zu gern den Spender dabei machen würde ... um die Wahrheit zu sagen, sogar noch ein paar Stereoplatten dreingeben würde ich ...

Was, mich wollen Sie zum Lunch?

Als ich mir neulich ganz sachlich überlegte, wieso ich eigentlich nicht schlank werde, kam ich darauf: Es sind die hohen Kosten eines Diätplans – deshalb bin ich noch immer eine stärkere Dame.

Denken Sie mal darüber nach: Haben Sie schon einmal ein Mitglied der Ford-Sippe gesehen, das dick war? Oder eine pummelige Dame namens Rockefeller? Oder jemand Rundliches im Weißen Haus? Wir müssen uns damit abfinden: das sogenannte ›süße Leben‹ macht schlank. Diese Leute nämlich können sich die Diätnahrungsmittel leisten, frisches Obst außerhalb der Saison, importierten frischen Fisch und magere Steaks. Sie können auch die Kosten einer vollständig neuen Garderobe verkraften und die grundlegenden Änderungen an der alten. Vor allem aber können sie die Bäder und Schönheitsfarmen besuchen, die zwischen 2 und 1500 Dollar kosten.

Ich war nur einmal im Leben in so einem wirklich feudalen Bad, nämlich bei Elizabeth Arden in Phoenix, Arizona. Eine Freundin von mir war für eine Woche dort, rief mich an und sagte: »Wir hätten dich gern zum Lunch.«

»Mich? Ach so, du brauchst etwas Handfestes!«

»Nein, ich meine, wir möchten dich einladen«, sagte sie.

Es ist ein herrlicher, ein Märchenort. Erstens einmal hängen überall Spiegel. (Ich war klug genug gewesen, zu Hause sämtliche Spiegel abzuhängen, als ich beim Vorübergehen den Bauch einzog und sich nichts rühr-

te.) Alle Diätpatienten tragen weiße Frotteemäntel, haben Creme im Gesicht, die wundervoll riecht, werden massiert, verwöhnt, bewegt, gesonnt und ausgeruht nach einem Tagesfahrplan, den sie in den Taschen ihrer weißen Frotteemäntel tragen.
Das Lunch war sehr frugal: Quark, frisches Obst, ein paar Vollkornkeks.
»Ich wünschte, ich könnte es mir leisten, ANDERS zu essen«, sagte ich betrübt, »aber ich komme aus einem Elternhaus, in dem Sauce zu den Getränken zählte.«
»Sei nicht komisch«, sagte meine Freundin. »Du könntest diesen Schönheitsplan zu Hause nachmachen, mit allem Drum und Dran ...«
Daheim zog ich den gemusterten Haushaltskittel über, dem der Knopf über dem Bauch fehlt, und den Fahrplan in der Tasche zu Rate. Um 8 Uhr aß ich die Reste vom Frühstück. Um 9 Uhr setzte ich mich auf die Waschmaschine: Die Schleuderbewegungen wirkten wahre Wunder für meine Hüften, verflüssigten jedoch das Frühstück in meinem Inneren. Um 10 Uhr machte ich fünfzig Klimmzüge an den Seitenstreben vom Wandbett. Um 11 Uhr joggte ich zur Mülltonne hinaus, darauf folgte ein Mittagsimbiß (Magerquark) und eine Schönheitsbehandlung. (Ich schmierte mir Handcreme auf die Ellbogen.)
Bis 13 Uhr hielt ich durch. Der Kittel war inzwischen zu warm und der Magerquark in meinem Inneren verbraucht. Plötzlich sah ich es: auf dem Teppich! Ein angebissenes Plätzchen! Ich beugte mich hinunter, steckte es in den Mund und lächelte zufrieden vor mich hin.

Geld macht einen vielleicht schlank, aber solche Wonnen kann es einem nicht verschaffen!

Paßt für alle Größen

Schon immer habe ich Frauen bewundert, die Badeanzüge der Größe 38, 40 oder 42 tragen können. Ich trage nämlich alle drei gleichzeitig.
Dabei wollen meine Freundinnen mir weismachen, das ganze Geheimnis sei körperliche Bewegung. Es spiele keine Rolle, welche Massen man mit sich herumschleppt, nur, wie sie verteilt seien. Der Himmel ist mein Zeuge: Ich habe oft genug versucht, mir körperliche Bewegung zu machen. Einmal habe ich mich sogar zu einem Gymnastik-Kurs in der Nachbarschaft gemeldet. Weil der Kurs so stark besucht war, fanden die Übungsstunden in der Kirche statt. Eines Nachmittags kam der Geistliche dazu und sah sich die Veranstaltung an. Mich fand er in Dreiviertelhosen, wie ich mich bemühte, mit der Nase mein auf einer Kirchenbank aufliegendes Knie zu berühren. Er sprach nur wenige Worte: »Sie entweihen das Gotteshaus.«
Daraufhin wechselte ich zu einem Kurs für Tortendekoration über und leckte so lange Schüsseln aus, bis ich wieder ungefähr 5 Pfund zugenommen hatte.
Lange Zeit nahm ich den letzten Teil meines üppigen Frühstücks vor dem Fernsehapparat zu mir, nur um einer Schwedin in einer Mach-mit-Turnstunde zuzusehen. Es war faszinierend, wie die sich das Bein um den Nacken schlingen konnte. Ein Jahr lang sah und hörte ich ihr zu. Eines Tages brachte ich – unter

Schnaufen, Keuchen und Stöhnen – schließlich wirklich den einen Knöchel über den anderen. Ich hörte auf, ehe ich mir ernsthafte Verletzungen zuzog.
Der Gedanke an ein Schlankheitsbad hatte etwas sehr Verführerisches für mich. Ich stellte es mir herrlich vor, im Wasser herumzuplanschen, unter Dampf die Poren geöffnet zu bekommen und auf einem Standrad ins Nirgendwo zu radeln. Doch ach, eine Reise in solch ein Bad ist so fern wie eine Putzfrau. In ein solches Bad darf man nicht, wenn man aussieht, als habe man es nötig. So wenig, wie man die Putzfrau in ein Haus lassen darf, das dringend geputzt werden muß. Figürlich bekam ich mich leider nie so hin, daß ich mich für ein umgeschlungenes Handtuch eignete.
Im letzten Jahr habe ich zugeschaut, wie mein Mann eisern seine Air Force-Übungen macht (möglicherweise haben sie dazu geführt, daß sich nur so wenige freiwillig bei der Air Force melden). Wenn es etwas Öderes auf der Welt geben sollte, als einen Mann, der regelmäßig Gymnastik macht, bin ich diesem Phänomen noch nicht begegnet.
»Du solltest mittun«, drängte er immer wieder. »Ein paar Liegestütz, ein bißchen Joggen, das tut dem alten Körper gut.«
»Und warum bleiben bei dir die Knie nicht gestreckt, wenn du dich vorbeugst, um deine Zehen zu berühren?«
»Ach, du meinst wohl, du könntest es besser?«
»O ja, ich brauch' mir nur die Fingernägel 30 cm lang wachsen zu lassen!«
Er hat es schließlich nicht mit einem Amateur zu tun!

Einfältig, aber vielfältig

Ich hatte nur mal eben die Bemerkung gemacht, daß mein Gesicht von Tag zu Tag dem von John Wayne ähnlicher würde. Daraufhin sagte die Nachbarin, sie habe ein Buch über isometrische Übungen an Körper und Gesicht, die man während der Hausarbeit machen könne.

Wissen Sie, wohin das letztendlich führte: daß mir die Frau des Brotmannes eine Schachtel Selbstgebackenes schenkte!

Das Ganze hat, glaube ich, an dem Tag angefangen, als ich meine Übungen zum ersten Mal durchführte. Ich war gerade am Telefon und unterhielt mich – Knie leicht gebeugt – mit einer Freundin. Nach jedem Satz schlug ich die Schenkel aneinander. Als der Brotmann am Fenster vorbeikam, winkte ich ihm zu. Er winkte etwas reserviert zurück, legte ein Paket Aufbackhörnchen auf die Milchkiste und ging wieder.

Ein paar Tage später stand ich an unserem Aussichtsfenster und rollte den Kopf langsam fünfmal rechts-, dann fünfmal linksherum. Zwischendurch schüttelte ich ihn schneller und schneller, bis ich alles nur noch verschwommen sah. Dabei kam es mir undeutlich so vor, als sähe ich den Brotmann im Laufschritt zum Lieferwagen zurückkehren.

Um mein Dekolleté zu verschönern, hatte man mich geheißen, die Zunge möglichst weit herauszustrecken und die Zungenspitze einzurollen. Noch während ich das tat, erblickte ich meinen Brotmann: Er drehte sich

nach mir um, beide Finger in den Ohren, und streckte mir die Zunge heraus. Es sah idiotisch aus.
In der folgenden Woche arbeitete ich an meiner Kinnlinie. Ich warf den Kopf in den Nacken und biß mit weit vorgeschobener Unterlippe in einen imaginären Apfel. Ich spürte deutlich, wie sich Kinn- und Halsmuskeln dabei spannten, und wollte es dem Brotmann mitteilen, doch der blieb neben seinem Lieferwagen stehen, legte einen flachen Biskuitkuchen zusammen, wie man eine Zeitung faltet, und warf ihn buchstäblich ins Gebüsch vorm Haus.
Das fand ich denn doch merkwürdig.
Danach sah ich ihn eine Woche lang nicht. Mittlerweile war ich bis zu den Facelift-Übungen vorgedrungen. Während ich das Frühstücksgeschirr spülte, zwinkerte ich mit dem linken Auge und zog gleichzeitig den Mundwinkel in die Höhe. Als ich so, zwinkernd und lächelnd und wieder zwinkernd und lächelnd, den Kopf hob, sah ich den Brotmann, der mich entgeistert anstarrte.
Das war das letzte Mal, daß ich ihn sah.
Seine Frau rief dann später an und dankte mir unter Tränen: Ich sei die einzige treibende Kraft gewesen, die ihren Mann vom Trinken habe heilen können. Noch am gleichen Tag fand ich im Briefkasten eine Schachtel ihrer Plätzchen.
Gestern kam meine Nachbarin mit einem neuen Schönheits-Rezept. Wenn man ein müdes Hirn hat, sagte sie, braucht man sich nur in einen Stuhl zu setzen, die Arme zu beiden Seiten locker hängen zu

lassen und sich vorzustellen, man triebe auf einer weißen Wolke im blauen Himmel.
Aber wie ich zu sagen pflege: »Solange so viele Irre frei herumlaufen, wie beispielsweise mein Brotmann, hat man ja Angst, die Augen zuzumachen.«

Hüftgürtel ade!

Einiges macht unsere Generation doch richtig. Vorige Woche las ich in der Zeitung, daß eine Miederwarenfabrik schließen mußte – wegen Mangels an Aufträgen. Ich las diese Todesanzeige des Hüftgürtels mit gemischten Gefühlen. Ungefähr so, wie wenn die Schwiegermutter auszieht, weil man Schlangen im Keller hat. Der eine oder andere Hüftgürtel hatte doch sein Gutes. Ich will versuchen, mich daran zu erinnern. Das Schlimme bei sämtlichen Hüftgürteln ist eben, daß sie nach dem Gesetz der Redistribution entworfen sind. Sie halten zwar die vielen Pfunde nicht wirklich zusammen, sie verteilen sie nur anders.
Ich brauche zum Beispiel so ein Ding nur anzuziehen, und es geschieht dreierlei: Mein Magen wird flach, mein Kinn verdoppelt sich, die Knie schwellen an. Daher zitiere ich immer: »Was hülfe es dem Weibe, wenn ihr Bauch sich verflachte und lockerten sich doch ihre Zähne!«
An Erfahrungen mit Hüfthaltern fehlt es mir nicht. Ein Modell, das ich mir kaufte, war ein wahres Wunderwerk der Technik. Es war sehr teuer, ziemlich kompliziert, aber es lagen genaue Instruktionen bei.

Darin hieß es: ›Wir beglückwünschen Sie zum Kauf eines Constrictor 747. Der Constrictor 747 ist technisch so konstruiert, daß er Hüft- und Taillenumfang um mehrere Zentimeter reduziert. Vorschriftsmäßig zugehakt und verschnürt, arbeitet er 18 Stunden ohne Nachregulierung. Machen Sie sich bitte vor dem ersten Anlegen des Constrictors mit den beiden Druckausgleichlöchern über den Nieren vertraut. Sollte in vereinzelten Fällen Sauerstoffzufuhr notwendig werden, so öffnen sich die Halterungsstäbe automatisch und geben eine Sauerstoffmaske frei. Löschen Sie sofort alles offene Feuer, setzen Sie die Maske über Nase und Mund, und atmen Sie gleichmäßig.‹
Für mich war der Constrictor 747 eine große Enttäuschung. Ich trug ihn bei einem Nachmittagsbesuch, und eine Bekannte fragte: »Wann ist denn Ihr Baby fällig?«
»Ich habe es schon vor 2 Jahren gekriegt«, sagte ich und ging nach Hause. Der Constrictor 747 bekam ein würdiges Begräbnis.

Stiefel! Stiefel!

Ich habe keine Ahnung vom Umfang meiner Waden. Ich weiß nur, daß er größer ist als der eines Wasserglases und kleiner als der eines Ofenrohrs. Außerdem passen meine Waden nie in Stiefel, die bis zum Knie reichen.
Ich mag ja überempfindlich sein, aber ich halte es für möglich, daß Schuhverkäufer das unterste Glied in der Rangordnung der Dinge sind. Wahrscheinlich müssen

sie ihre Zeit in dieser Abteilung nur deswegen abdienen, weil ihr Vater – Inhaber des Geschäfts – sie Demut lehren will.
Mein Verkäufer war Beinkenner. (Meine kannte er trotzdem nicht.)
»Ich möchte bitte ein paar Stiefel«, sagte ich.
Er musterte mich genau, kniff die Augen zusammen und erschien mit einem Paar Polarstiefel, die bis unters Knie geschnürt wurden.
»Sie haben mich mißverstanden«, sagte ich, »ich will nicht auf den Bau. Ich will ein paar elegante Stiefel, um sie zu Sportröcken und Wollpullis zu tragen.«
Voller Gleichmut trat er an einen der Schaukästen und kam mit einem Paar Stiefel wieder, die so lang und eng waren, daß es aus ihnen widerhallte. Nur ein Paar Beine auf dieser Welt konnten da hineinpassen, die eines Storches (Ciconia alba aus der Familie der Watvögel).
»Wo ist der Reißverschluß?« fragte ich.
»Es gibt keinen Reißverschluß«. Er gähnte. »Das sind die neuen Zerr- und Schlupfmodelle.« Er griff hinein, um das geknüllte Seidenpapier zu entfernen und blieb mit dem Arm stecken.
»Vielleicht doch lieber einen mit Reißverschluß«, schlug ich vor.
Er stülpte mir den Reißverschlußstiefel aufs Bein und begann den Reißverschluß zuzuziehen. Beim Knöchel ging es nicht mehr weiter.
»Trotzdem vielen Dank«, sagte ich, »Sie sehen selbst . . .«
»Nein, nein«, widersprach er. »Es geht schon. Sie

brauchen nur den Fuß ein klein wenig zu drehen und nach unten zu treten.«

Um uns herum drängte sich bereits das Volk.

»Im Ernst«, sagte ich, »es hat keinen Zweck. Der Stiefel ist viel zu . . .«

»Wir schaffen es, wir schaffen es«, beharrte er. Sein Kamm fiel ihm aus der Tasche, er beachtete es nicht. Sein Kopf wurde dunkelrot, ich fürchtete, er bekäme Nasenbluten.

»Vielleicht würde es gehen, wenn Sie die dicken Strümpfe auszögen –«

»Was, meine Nylons?« fragte ich ungläubig.

»Sehen Sie, es geht, meine Dame«, rief er aus und zog den Reißverschluß mit Gewalt zu. »Halten Sie die Luft an!«

In meinem Bein hämmerte es. Ich sprach leise: »Ich weiß Ihnen Dank für Ihre Bemühungen, aber bringen Sie mir das Paar da vom Mitteltisch.«

»Sind Sie sicher, daß Sie so was wollen?« fragte er.

»Die sind es, genau die«, sagte ich. Mühelos schlüpfte ich in die knöchelhohen weißen Stiefelchen mit seitlich eingeprägtem Bild von Aschenbrödel und einem Märchenschloß. Es mag ja sein, daß ich nicht gerade elegant wirke, aber bei einem Wettbewerb für ›das originellste Kostüm‹ bekäme ich sicher einen Preis.

Benachteiligung der Frauen, wohin man blickt

Für mich ist eine Nadel etwas, womit man sich einen Splitter herausbohrt, oder aber etwas, auf das man barfuß tritt. Darum eben ärgere ich mich immer so

über die mangelnde Gleichberechtigung der Geschlechter bei Konfektionsänderungen.
Mit welchem Recht kann sich ein Mann einen Anzug kaufen und gratis ändern lassen? Wenn sich eine Frau in der gleichen Preisklasse was zum Anziehen kauft, muß sie für die Änderung bezahlen.
Vor ein paar Jahren war ich dabei, als sich mein Mann einen Anzug für 49,50 Dollar kaufte (samt Weste, zwei farblich passenden Hosen, einer Baskenmütze und einem Speisegeschirr für 4 Personen). Nicht nur war der Anzug billig (auf dem Schildchen stand HERGESTELLT IM BESETZTEN GUADALCANAL – DEM MODEZENTRUM DER WELT), er hing auch an ihm wie eine hawaiianische Blumenkette.
»Das gefällt mir nicht, wie die Schultern Falten werfen«, sagte er und drehte sich vor dem dreiteiligen Spiegel hin und her. »Und die Ärmel – ich habe gern Ärmel, bei denen ich noch meine Finger zählen kann. Könnte man die nicht neu einsetzen?«
»Kein Problem«, lächelte der Verkäufer.
»Der Hosenbund hängt zu tief, und das Gurtband scheint mir etwas weit. Vielleicht könnte man da ein, zwei Zentimeter hereinnehmen.«
»Aber gewiß doch«, grinste der Verkäufer. »Wir lassen den Schneider kommen.«
Der Schneider war 35 Minuten lang beschäftigt, die Anatomie meines Mannes mit Kreidestrichen zu markieren. Hinterher sah der Anzug aus wie ein ganzes Kalb, das für zwei Gefriertruhen zerlegt werden soll. Und alles gratis.
Neulich probierte ich ein ebenso teures Kleid.

»Vorne ist es zu blusig«, sagte ich und betrachtete mich von der Seite im Spiegel.
»Das kann man heutzutage operieren, meine Dame«, sagte die Verkäuferin gähnend. »Oder wir ändern es für drei Dollar.«
»Die Ärmel sind außerdem viel zu lang.«
»Das kommt zwei Dollar fünfzig. Sie können sie aber auch aufrollen und die Arme abgewinkelt halten.«
»Ich weiß nicht recht«, überlegte ich. »Vielleicht sind Strickkleider nicht das Richtige für mich. Sie liegen so an.«
»Ich verrate Ihnen etwas«, sagte sie, »Sie können zwei Dollar sparen, wenn Sie es sich selbst ausweiten. Sie brauchen es nur ein paar Tage über einen Stuhl zu dehnen ... oder ein Sofa, je nachdem, wie leger sie es wollen.«
»Was würde eine Kürzung kosten?«
»Vier Dollar«, sagte sie, »aber die würden sich lohnen. Das Kleid würde dann aussehen wie nach Maß. Moment, ich helfe Ihnen den Reißverschluß zuziehen.«
»Wieviel kostet es, wenn Sie den Reißverschluß zuziehen?« fragte ich streng.

Pyjamaexperiment in Boston

Als ich zu Weihnachten den Partyanzug bekam, wußte ich gleich, daß das kein ›Haus‹-anzug war. Es war entschieden nicht die rechte Ausrüstung, wenn man verstopfte Ausgüsse reinigen, den Hund auf Zeitungspapier zur Sauberkeit erziehen oder eine Pizza backen wollte. Es war ein Pyjama, in dem man höchstens auf dem Sofa sitzen und husten konnte. Oder mit einem Cognacschwenker in der Hand eine Freitreppe hinabschreiten. Oder Modell stehen für eine Modereklame mit der Unterschrift: »Erma Bombeck könnte sich jeden Herd leisten, aber sie wählte einen BACKFEIN.«

Damit das Ding erst einmal die Verpackungsfalten verlor, nahm ich es mit auf große Fahrt.

Der für eine solche Kreation gegebene Anlaß war ein Empfang in Boston. Ich nahm es aus dem Koffer, schüttelte es aus, gürtete meine Lenden und machte mich auf den Weg.

Mein Aufkreuzen hatte ich mir so beeindruckend vorgestellt, als käme Elizabeth Taylor hereingejoggt. Ich hatte geglaubt, die Gespräche müßten verstummen, die Gläser auf halber Höhe verharren, neidische Gemüter würden Selbstmord erwägen und eine laute Stimme rufen: Na, du sexy Satansbraten! Unser Herz gehört dir doch schon, willst du uns jetzt mit Haut und Haar? Doch leider: Mein Auftritt erregte so viel Aufsehen wie die Demonstration neuartiger Büroklammern.

»Spät kommst du, Liebes«, sagte eine Freundin und wollte sich schon wieder abwenden.

»Wie gefällt dir mein Anzug?«

»Du erinnerst mich an jemand, den ich kürzlich im Film gesehen habe.«

»Bette Davis? Die Dietrich?«

»Nein, Dustin Hoffman. Irgend etwas an deinem Ausschnitt ist verkehrt.«

»Ausschnitt?«

»Ja, das meine ich eben. Du hast das Ding verkehrtherum an. Kinder, kommt mal her und seht euch das an. Glaubt ihr nicht auch, daß der Reißverschluß nach vorne gehört? Vielleicht solltest du einen Bademantel drüber tragen?«
Ich fürchte, der Hausanzug muß noch etwas umgearbeitet werden, ehe ich ihn in meiner Heimatstadt vorführen kann.

Ganz natürlich?

Vorgestern schritt ich durch den Mittelgang eines eleganten Kaufhauses, da winkte die Vertreterin einer Kosmetikfirma mich lächelnd an ihren Tisch.
»Meinen Sie mich?« fragte ich kichernd.
Sie nickte. Dann lehnte sie sich über den Tisch, musterte mich genau und raunte mir zu: »Ich könnte Ihnen helfen.«
Ich war ganz hingerissen, wie gut sie aussah und wie köstlich sie duftete. Die hatte bestimmt keine Erdnußbutter unter den Nägeln.
»Zunächst einmal, meine Liebe«, sagte sie, »gehen Sie ein paar Schritte auf und ab.«
Ich kam mir albern vor und stelzte steif in die Abteilung Lederwaren und zurück.
»Tragen Sie eigentlich Ihr Geld in einem Taschentuch ums Knie geknotet?«
»Nein. Gehe ich so komisch?«
»Ein bißchen ungelenk vielleicht«, sagte sie. »Aber dazu kommen wir später. Jetzt werden wir Sie ganz neu erschaffen. Mit Ihrer Figur fangen wir an. Da gibt

es allerlei Kniffe. Bitte drehen Sie mir nicht den Rükken zu, meine Liebe.«
»Verzeihung, das ist meine Vorderseite«, sagte ich kläglich.
»Ach so. Na, das kann man auspolstern. Und was Hüften und Taille betrifft, dafür gibt es Korsetts. Jetzt aber zu wichtigeren Punkten. Was tun Sie für Ihr Haar?«
»Ich drehe es auf der Seite, auf der ich gelegen habe, jeden Morgen auf drei Wickler.«
»Vielleicht eine Perücke?« überlegte sie laut. »Probieren Sie doch mal die hier. Und was ist mit den Wimpern?«
»Angeklebte Wimpern machen mich schläfrig.«
»Dann haben Sie sie nicht richtig angebracht«, sagte sie kategorisch. »So, jetzt betonen wir mal Ihre Bakkenknochen mit dunklerem Make-up, das macht ein schmales Gesicht. Und da Sie außerdem sehr blaß sind, nehmen wir dieses Rouge, das wirkt gesund und frisch. So. Haben Sie schon immer eine Brille getragen?«
»Erst seit meiner Studienzeit, weil ich nie sehen konnte, ob es mein Tanzpartner oder die Parkuhr war.«
»Ich würde Ihnen zu Haftschalen raten. Sie geben den Augen so etwas wie eine neue Dimension. Und nun Ihre Nase. Sind Sie zufrieden mit Ihrer Nase?«
»Funktioniert einwandfrei.«
»Nein, ich meine die Form. Kosmetische Operationen sind heute keine große Sache mehr, wissen Sie. Ich an Ihrer Stelle würde sie kürzen lassen, das würde

Ihrem Profil sehr zugute kommen. Daß Ihre Vorderzähne Jacketkronen brauchen, wissen Sie ja sicherlich – oder?«

Über eine Stunde arbeitete sie an mir herum. Als die Sitzung zu Ende ging, hatte ich einen Haufen Cremes, Stifte, Rouge, Puder, Nährlotionen, falsche Wimpern, eine Perücke, einen Taillenschnürer, einen Auspolsterungs-Büstenhalter gekauft und besaß darüber hinaus die Adresse von Ärzten, die meine Zähne richten, meine Nase umformen und mich mit Kontaktlinsen ausrüsten sollten.

»Vielen, vielen Dank«, stotterte ich, »Sie waren mir eine große Hilfe.«

»Noch einen letzten Rat, meine Liebe«, sagte sie leise und legte mir vertraulich die Hand auf die Schulter. »Seien Sie ganz natürlich!«

Sophia, du hast geschwindelt!

Die Schönheitsrezepte der großen Stars haben sich bei mir nicht bewährt. Ich erinnere mich einmal gelesen zu haben, eine unserer Hollywood-Göttinnen lege sich geeiste Gurkenscheiben auf die Augen, um die Spannung der Gesichtsmuskeln zu lockern. Als mein Mann sich zum Begrüßungskuß über mich neigte, fuhr er entsetzt zurück. Er hat seitdem einen Tic im rechten Augenlid.

Dolores del Rio, ein altersloser Alt-Star, verriet, sie habe nie gelächelt und deshalb auch keine Lachfalten bekommen. Dabei weiß doch jede Mutter, daß es nicht die Lachfalten, sondern die Weinfalten sind, die Ero-

sionsschrunden in die Landschaft jedes Gesichts graben.
Auch Sophia Loren hätte ich nie glauben dürfen. Sie behauptete in einer Zeitschrift: »Was ich bin, verdanke ich den Spaghetti.« Wer sie ansah, wäre nie drauf verfallen. Gute, gerade Haltung? Das ja. Ein weiteres Kind? Möglich. Ein paar Millimeter Auspolsterung. Meinetwegen. Aber Spaghetti?
Ihrem Rat zu folgen, war leicht. Spaghetti waren von jeher mein Lieblingsgericht. Mindestens einmal wöchentlich kramte ich den ganz großen Kochtopf aus dem Schrank und begann das zeremonielle Zubereiten der Spaghetti-Sauce. Dazu mischte ich einen grünen Salat mit reichlich Öl, packte viel Butter aufs Knoblauchbrot, blickte ehrfurchtsvoll auf Sophia Lorens Foto an der Wand und sprach: »Alles für dich, Sophia.«
Woche um Woche verging, und es wurde immer deutlicher, daß bei mir der Wind die Sanddünen nicht in der gleichen Form zusammenwehte wie bei Sophia. Sie war gebaut wie ein geschnittener Diamant, ich begann einer Pyramide zu gleichen. Aber ich hielt durch.
»Na, Sophia«, verspottete mich mein Mann, »wie geht's denn so mit Marcello Mastroianni?«
»Gut. Ich hatte es zu Mittag«, erwiderte ich.
»Sonderbar«, meinte er, »ich kann mich nicht erinnern gesehen zu haben, daß Sophia mit einer Sicherheitsnadel am Hosenbund herumgelaufen wäre.«
»Ein Sex-Idol entsteht nicht an einem Tag«, gab ich zurück. Erst als ich meine Fotos von früher schöner

fand, wurde ich mir darüber klar, daß der Weg zur Schönheit nicht Spaghetti-gepflastert ist. Sophia hatte mich beschwindelt, mir einen Bären aufgebunden, mir und allen anderen Frauen Amerikas, damit sie aussehen sollten wie Ungetüme und Sophia gertenschlank von Film zu Film schwebte. (Manche Braut nimmt sich ja auch häßliche Brautjungfern, um selber schöner auszusehen.)
Sich Spaghetti wieder herunterzuhungern, ist schwerer als manches andere. Man kann einmal um den Häuserblock rennen, um sich einen Eclair abzuarbeiten. Man kann ein paarmal Bauchaufzug machen, um Hummer mit Mayonnaise aufzulösen, aber Spaghetti bleiben haften, wurzeln in den Hüften und beginnen von dort her neu auszuschlagen.
Neulich abends saß ich vor dem Fernseher, knabberte eine rohe Karotte und sah mir einen Film mit Sophia Loren und Cary Grant an. Ich konnte wieder einmal nur staunen. Vielleicht hätte ich den Parmesan weglassen sollen!

5.

Mein ist die Reise, spricht der Herr

Mein Mann findet einen Urlaub nur dann gelungen, wenn er zuschauen kann, wie der Wildhüter mit einem Streichholz zwischen seinen Zähnen stochert.
Meine Vorstellung von Naturverbundenheit besteht darin, daß ich eine Verlängerungsschnur brauche, um meine elektrische Heizdecke anzuschließen.
Mein Mann gehört zu den Unbelehrbaren, die ein Stück Speck auslegen und dadurch die Bären auf den Campingplatz locken wollen.
Als mir einmal eine Mücke in den Büstenhalter geriet, mußte ich mich eine Woche lang mit schwerer Migräne zu Bett legen.
»So begreif doch endlich, daß wir nicht zusammenpassen«, sagte ich. »Ich möchte nach New York, ins Theater gehen und Einkäufe machen. Du willst an den Murkelsee und zusehen, wie die Moskitos ihre Larven ausbrüten.«
Er erstarrte zu eisiger Abwehr. »Ich will nicht nach New York und zusehen, wie eine Riege obszöner Nakkedeis auf einer Bühne rumhopst!«
»Und ich fahre nicht an den Murkelsee, wo sich die Männer über einem Kochgeschirr rasieren!«

»Und ich fahre nicht in die Großstadt, wo ich noch zum Insbettgehen einen Schlips tragen muß!«
»Und ich fahre nicht auf einen Campingplatz, wo das Leben so primitiv ist, daß die Tiere kommen und bei unserer Fütterung zuschauen!«
Die Sache ist schlicht die: In Sachen Urlaub passen wir nicht zusammen. Sonst geht es einigermaßen.
»Du verstehst mich nicht«, sagte ich. »Ich verlange nicht allzuviel vom Leben. Ich möchte nur ein paar Wochen pro Jahr in einem Bett schlafen, wo der Nachttischwecker auf der anderen Seite steht.
Ich möchte in einem Badezimmer die Tür hinter mir verriegeln und sicher sein dürfen, daß mich kein anderes Auge anstarrt, wenn ich durchs Schlüsselloch schaue.
Ich möchte den Telefonapparat in Greifweite haben, wenn er klingelt.
Ich möchte mal in ein Zimmer kommen, in dem sämtliche Schubladen geschlossen sind.
Ich möchte eine Tasse Kaffee trinken dürfen, solange er heiß ist.
Begreifst du das nicht? Ich möchte meine Zahnbürste in die Hand nehmen und sie trocken vorfinden!«
Er schwieg einen Augenblick, dann sagte er: »Warum hast du das nicht gleich gesagt. Wir schließen einen Kompromiß. Wir gehen campen.«
Ich weiß vom Hörensagen, daß viele Familien miteinander verreisen und sich prima amüsieren. Sie spielen bis zum Gehtnichtmehr ›Ich sehe was, was du nicht siehst‹, winken ausländischen Wagen zu und singen ›Das Wandern ist des Müllers Lust‹ – sogar zweistim-

mig. Unsere Kinder sind da anders. Sie spielen nur ›Keiner wird gewinnen‹ und ›Harfentrio auf Mamis Nerven‹.

Sie streiten vom heimatlichen Garagentor an unaufhörlich, 500 km lang, und hören erst auf, wenn ich mit Selbstmord drohe.

Zu den Mitspielern gehört immer noch ein Papi, der schweigend fährt, eine Mami, die schweigend zuhört, und eine Tochter, die in regelmäßigen Abständen empört ruft: »Mutter, hör dir das an!« und zwei feindliche Brüder in den Rollen von Kain und Abel.

Als Gedächtnisstütze habe ich vom letzten Harfentrio auf Mamis Nerven eine Bandaufnahme gemacht. 100 km stritten die Kinder, ob man einen Wagen mit 150 Stundenkilometern rückwärts fahren kann, ohne steckenzubleiben. 70 km wurde darüber debattiert, daß doch die Angestellten des U.S.-Schatzamts die Wächter am Ausgang ganz leicht überlisten können: Sie brauchen nur einige Hundertdollarscheine in den Mund zu nehmen und erst außerhalb der Kontrolle wieder zu lächeln.

Einigkeit darüber herzustellen, welches die Hauptstadt von Missouri ist, dauerte länger, als das gesamte Gebiet zu besiedeln. Es wurde gestritten, ob man auf dem Mond ein Jo-Jo benutzen kann. Ob über eine Impfnarbe wieder Haare wachsen. Ob ein vor eine Schreibmaschine gesetzter Schimpanse möglicherweise einen Bestseller produzieren kann. Wieso einige Väter Falten im Nacken haben und andere nicht. Welche Schuhgröße ein bekannter

Schlagerstar trägt. Ob man eine Nonne, der man erlaubt hat, Geistlicher zu werden, mit ›Vater‹ anreden muß.
Sie drohten sich gegenseitig: »Dir lang' ich eine!« (55 mal), sie sagten: »Gleich kriegst du eine gewischt« (33 mal), sie warnten: »Mensch, das sag' ich den Eltern!« (138 mal) und flüsterten: »Du holst dir ein paar warme Ohren!« (dreimal), was so gefährlich klang, daß ich mich lieber nicht erst umdrehte.
Ich saß auf dem Beifahrersitz, knotete nervös meinen Sicherheitsgurt zu einem Rosenkranz und wußte, daß sich unsere Familie nicht für eine Fernsehserie im Nachmittagsprogramm eignete.
Als ich gegen die Tür sank, schrie eines meiner Kinder: »Mami, du mußt den Türknopf runterdrücken, sonst fällst du raus.« Wenn das so einfach wäre . . .

Es läßt mich kalt, daß Jahr für Jahr über eine Million Familien zum Camping fahren.
Ich weiß nur: Von denen, die überhaupt zurückkehren (einige arme Teufel wandern noch jahrelang herum, suchen Wildhüterhäuschen, Kinder und Eiswürfelautomaten), sind beachtlich viele enttäuscht. Warum wohl, fragt man sich.
Zunächst einmal sind so gut wie keine realistischen Zeltbücher im Handel. Meist sind es kleine, glänzende Bändchen mit wasserfestem Umschlag – schon das sollte zu denken geben! –, auf denen eine Familie in abgelegener, paradiesischer Wildnis abgebildet ist. Ein glücklich strahlender Papi steht bis fast zur Hüfte in einem Forellenbach, die Mami winkt ganz aus der

Nähe auf Wasserskiern. Die Kinder sitzen ums Lagerfeuer und spielen 66 mit Baloo, dem sanften braunen Bären.

Auf den Schutzumschlägen dieser Zelthandbücher regnet es *nie*. Nie sieht man darauf eine Mutter, die in einem Kochtopf die Wäsche von drei Wochen wäscht. Nie einen Papi, der unweit von Moskito-City einen Reifen auswechselt, während ihn drei Kinder umtanzen und brüllen: »Du bist schuld, daß wir das Fußballspiel verpassen!« Nirgends wird erwähnt, daß es Kinder gibt, die vier Tage hintereinander nur dasitzen und jaulen. »Sag ihm, daß er mich nicht so anschauen darf, sonst hau' ich ihm eine!«

Gewiß, Camping und Camping ist zweierlei. Da gibt es die ganz Hartgesottenen, die auf frischen Tannenzapfen schlafen, sich mit dem gestirnten Himmel zudecken und im übrigen von Beeren leben und von Kleintieren, die sich im Reißverschluß ihres Schlafsackes fangen lassen. Andere wieder sind begeisterte Zeltler, die zwar Luftmatratzen, Eimer mit zerstoßenem Eis, Streichhölzer, Transistorradios benutzen und Brot im Laden kaufen, aber um keinen Preis der Welt elektrischen Strom und Wasserspülung dulden. Und schließlich gibt es noch die Städter auf Rädern. Sie umfassen die ganze Skala: von der Familie, die einen Kleinlastwagen zum fahrenden Heim umbaut, bis zu der, die mal ganz ursprünglich und naturnah leben will, dies jedoch mit Farbfernseher, Gitarre, Campingmöbeln, Dusche, Pechfackeln, Schminkspiegeln, Abzugshauben über dem Lagerfeuer, künstlichen Holzscheiten, Mofas für rasche Besorgungsfahrten zur Stadt, sowie kläffenden Hunden mit überkronten Backenzähnen tut. Zu welcher Camping-Gattung Sie auch gehören, in jedem Fall benötigen Sie ein paar praktische Ratschläge, um bei Verstand zu bleiben.

1. Was tun, wenn es regnet

Stapeln Sie alle Konservendosen um.
Planen Sie einen Ausflug in die Umgebung.
Schreiben Sie nach Hause (vergessen Sie nicht, dabei tüchtig zu lügen).
Lesen Sie die guten Bücher, die Sie mitgebracht haben, um sie endlich mal in Ruhe zu lesen (›Die rote Tapferkeitsmedaille‹ und ›Zahnverfall in den USA‹).

2. Wenn es weiterregnet

Picken Sie die Sandkörnchen aus der Butter.
Setzen Sie sich in den Wagen, und stellen Sie sich fest vor, nun ginge es heim.
Suchen Sie den, dessen Turnschuhe so nach nassem Stinktier riechen.

3. Wenn es immer noch regnet

Schicken Sie die Kinder auf die Suche nach verkehrsreichen Strecken, und lassen Sie sie dort spielen. Rufen Sie Ihre Freunde zusammen, und lassen Sie sie zuschauen, wie Ihre Kleidungsstücke verschimmeln. Formieren Sie sich zu Paaren, und suchen Sie eine Arche Noah.
Aber sonst kann Camping irrsinnig lustig sein.

Hier noch ein paar Tips aus meinem LOGBUCH EINES HINTERWÄLDLERS

Wie man sich bettet, ohne sich und anderen weh zu tun

1. Knien Sie sich nie auf den Kochherd, um das Wandbett herunterzulassen, ehe nicht alle Brenner gelöscht sind.
2. Läßt sich der Tisch zu einem Bett umbauen, überzeugen Sie sich vorher, daß er vollständig abgeräumt ist.
3. Derjenige, der die Gitarre mitgebracht hat, muß sie mit ins Bett nehmen.
4. Bei Südwind schlafen Sie nördlich von demjenigen Familienmitglied, das sich mit Anti-Mückenmittel eingerieben hat.
5. Legen Sie dasjenige Kind, das am späten Abend noch drei Flaschen Limo getrunken hat, dem Ausgang am nächsten. Und ölen Sie den Reißverschluß seines Schlafsackes, ehe Sie sich zur Ruhe legen.
6. Wenn Sie auf dem Boden schlafen, machen Sie es sich so bequem wie möglich, indem Sie nicht auf dem Boden schlafen, sondern eine gepolsterte Klappliege benutzen.
7. Vergewissern Sie sich, daß sämtliche Schranktüren zu und die Durchgangsverkehrs-Ära aufgeräumt ist, ehe Sie das Licht löschen. Die Statistik hat nachgewiesen, daß mehr Zeltler durch unvorsichtig stehengelassene Eiskübel oder schlecht aufgerollte Wäscheleinen umkommen als durch Krokodilbiß.

Verhalten im Umgang mit unseren bepelzten Freunden

Vergessen Sie alle Disneyfilme, die Sie je gesehen haben. Bedenken Sie: Nicht jeder Bär tritt in seiner eigenen Fernsehserie auf. Es gibt auch beschäftigungslose Bären, das sind dann wilde Tiere.
Beim Streit um einen Picknickkorb geben Sie immer dem Bären nach, auch wenn Sie insgeheim wissen, daß er von den grünen Zwiebeln wird aufstoßen müssen.
Eine Frau im Waschhaus eines Campingplatzes, die Ihnen einreden will, Schlangen hätten genau solche Angst vor Menschen wie umgekehrt, sollte man aufmerksam im Auge behalten.

Woran merkt man, daß es (und man) bald geschafft ist?

1. Wenn Sie die Karte studieren und Ihr Mann Ihnen vorwirft, Sie hätten den Michigansee um zwei Staaten zu weit nach links gerückt.
2. Wenn die Kinder anfangen, auf den Rücksitzen mit nassen Windeln Fußball zu spielen und das Baby steckt noch drin.
3. Wenn nicht nur Hungererscheinungen (Ödeme), sondern darüber hinaus Sehstörungen auftreten.
4. Wenn der Papi brüllt: »Hört sofort auf, dauernd gegen meine Lehne zu treten«, alle Kinder aber längst schlafen.
5. Wenn Sie auf Ihrer Heimfahrt einen Standort von den Ausmaßen eines Fußballplatzes entdecken, in den

sie nicht rückwärts mit dem Wohnwagen hineinstoßen müssen (auch wenn es ein Fußballplatz sein sollte).

Was tun, wenn das Gemeinschaftserlebnis nicht mehr zieht

Niemand auf der Welt, nicht einmal Mann und Frau können zwei Wochen einer totalen Gemeinsamkeit ertragen. Besonders dann nicht, wenn sie miteinander verheiratet sind. Sich mit zwei, drei Kindern auf einen Raum vom Ausmaß einer Sandkiste beschränken zu müssen, hat daher ungefähr so viel Charme, wie ein Wochenende lang auf einem Baum zu hocken, weil ein Tiger unten lauert. Um dies zu erleichtern, planen Sie schon vorher gewisse Tätigkeiten.

1. Beschäftigen Sie sich: Montieren Sie die Hinterräder des Wagens auf die Vorderachse und umgekehrt. Dabei sind Sie an frischer Luft und haben doch das Gefühl, etwas Nützliches zu tun.
2. Lassen Sie Spiele spielen, beispielsweise ›Papi suchen‹ oder ›Motorrad begraben‹ (am besten das Motorrad, das die ganze Nacht auf dem Campingplatz im Kreise fährt).
3. Erstellen Sie einen Dienstplan für kleine Hilfeleistungen. Eines der Kinder hat immer für Wasser im Kühler zu sorgen, ein anderes abends die gewisse letzte Zeltmücke totzuschlagen.
4. Sorgen Sie für Gespräche am Lagerfeuer, an denen die ganze Familie sich beteiligt. Als Themen bieten sich an: ›Welcher Idiot wollte denn unbedingt den

Pingpongtisch mitnehmen?‹ oder ›Harvey, wo holst du eigentlich unser Trinkwasser und was hofftest du zu finden, als du einen Tropfen davon unters Mikroskop tatest?‹

5. Schließen Sie neue Bekanntschaften. (Eignet sich nur für stabile Ehen.)

Wenn zufällig die Woche der Brüderlichkeit mit Zeltlern ist (vom 19. bis 26. Juli), seien Sie brüderlich und laden Sie einen Zeltler für einen Tag in die Stadt ein. Vielleicht können andere Mütter tatsächlich Wasserski fahren. Ich selbst bin dem Wasser nie näher gekommen als in der Gemeinschaftswaschküche und habe ganze Urlaube lang zugeschaut, wie die zwei Weißmacher sich durch den Schmutz unserer Wäsche hindurcharbeiten.

Alle Werbespots lügen. Da wird immer so getan, als sei der Waschsalon ein Amüsierlokal, in dem fröhliche Menschen gegenseitig ihre Wäsche beschnuppern, deren Weiß vergleichen, nach versteckten Kameras äugen und beim Gedanken an hartnäckige Flecken Ausschlag kriegen.

Die Wirklichkeit ist ganz anders. Es gibt dort 38 Anwärter für jeden Waschautomaten, 63 Anwärter auf jede der drei Trockenschleudern (eine außer Betrieb), fünf Coca-Cola-Automaten (alle in Betrieb), keinen einzigen Stuhl und ein kleines Beistelltischchen, auf dem man seine Wäsche falten kann.

Die Waschanwärter sind beflissen und sachlich. Sie stopfen ihr Zeug in die Trommeln, werfen Seifenpulver und Münzen ein, sehen auf die Uhr und schätzen, daß sie nach etwa einer Stunde wieder draußen sind.

Die Trockenanwärter sind etwas leutseliger. Sie sind sich klar, daß sie bei drei Schleudern (eine außer Betrieb) für unbestimmte Zeit eine Gemeinschaft bilden, Bekanntschaften schließen, lachen, reden, essen und manchmal untereinander heiraten werden.
Einmal hatte ich Glück. In der Warteschlange vor der Trockenschleuder geriet ich hinter einen bärtigen jungen Mann, der unmöglich mehr sein eigen nennen konnte als zwei Paar Slips, ein T-Shirt mit Friedenssymbol und eine Fransenweste. Ich rechnete mir aus, daß er ungefähr 20 Minuten brauchen würde.
»Warum werden die Trockenschleudern eigentlich heiß?« fragte er.
»Vermutlich wegen dem vielen Nervengas, das ins Meer gekippt wird«, sagte ich lässig.
»Mann, das kann stimmen«, überlegte er. »Kommen Sie oft her?«
»Nur wenn ich zwischendurch mal eine Minute frei bin«, sagte ich.
Wir unterhielten uns eine weitere Stunde. Schließlich war er an der Reihe. »He, Mildred!« rief er quer durch die Waschkammer. Mildred hatte vier Körbe nasser Wäsche, drei Kinder, fünf regendurchweichte Schlafsäcke und das Haar auf Lockenwicklern von Konservendosengröße.
»Augenblick!« sagte sie. »Ich will mir erst mal die Haare trocknen.« Sie stellte die Schleuder an und steckte den Kopf ins Innere.
Noch am gleichen Abend machte ich meinem Mann einen Kompromißvorschlag. Ich wollte nach New York – auf Urlaub.

»Aber das geht nicht«, sagte er. »Wer bleibt bei den Kindern?«

»Meine Mutter«, sagte ich entschlossen.

»Du weißt doch, was deine Mutter vom Babysitten hält«, wandte er ein. »Als unser erstes Kind zur Welt kam, hat sie ihre Telefonnummer ändern lassen.«

Das stimmt nicht ganz. Mutter liebt ihre Enkelkinder. Aber, wie sie es ausdrückt: ›Ich liebe ja auch Schneewittchen und die sieben Zwerge, aber ich möchte nicht regelmäßig bei ihnen einhüten müssen.«

Einmal sagte sie mir, sie halte Enkel für eine Belohnung dafür, daß man die eigenen Kinder überdauert habe. »Wenn man aber regelmäßig den Babysitter macht«, erklärte sie, »verliert man seinen Status als Großmama. Natürlich kannst du in extremen Fällen diese Nummer im Schokoladengeschäft anrufen. Die wissen, wo man mich erreichen kann.«

Diese Nummer rief ich nun an. »Mom, ich habe seit meinen Flitterwochen keinen Urlaub mehr von den Kindern gehabt.«

»Ich höre die Nachtigall!«

»Ich sage dir, ich bin in einer verzweifelten Lage. Glaubst du, daß du für ein paar Tage bei den Kindern bleiben könntest?«

»Letztes Mal habe ich mir dabei weh getan«, schmollte sie.

»Das war meine Schuld«, entgegnete ich. »Ich hätte dir sagen müssen, daß das Baby, wenn du es auf deinem Schoß aufstehen läßt, einem immer den Kopf unters Kinn rammt und man sich auf die Zunge beißt. Jetzt sind die Kinder ja auch schon größer. Dadurch wird es leichter.«

»Leichter als was?« fragte sie lauernd.
»Teenagerprobleme werden heutzutage unnötig hochgespielt«, erklärte ich ihr. »Im Grunde ist nichts dabei, sie zu beaufsichtigen. Erstens habe ich den Verteiler aus dem Wagen im großen Mehlkanister versteckt. Das wird dir ein warmes, beruhigendes Gefühl geben, wenn der Ansager im Fernsehen fragt: Zehn Uhr. Wissen Sie, wo sich Ihre Kinder zur Zeit aufhalten? Du weißt ja, wo sie sind: Sie nehmen auf der Suche nach dem Verteiler das Haus auseinander.
Zweitens brauchst du dich ums Essen nicht zu kümmern. Die essen alles, solange es in eine Picknicktasche verpackt ist.
Drittens leg dir einen Vorrat Groschen an. Die wirst du brauchen, wenn du mal telefonieren möchtest – von der Tankstelle an der Ecke.
Viertens, wenn du möchtest, daß sie was Sauberes anziehen, stopf es in den Schmutzwäschekorb. Das ist zwar Heimtücke, aber nur so bringst du sie dazu, turnusmäßig die Wäsche zu wechseln.
Fünftens, an ihre Schallplatten wirst du dich bald gewöhnt haben, besonders wenn du deine Abende im Besenschrank neben dem Heizkessel kauernd verbringst.
Sechstens, sage ihnen nie, daß du sie verstehst. So was zerstört die Feindseligkeit zwischen euch, die für das Verständnis so notwendig ist.
Jetzt weißt du alles Wesentliche. Ich brause ab in die Stadt.«
»Halt, Moment!« rief meine Mutter. »Falls ich dich brauche, wo erreiche ich dich?«

»Ich gebe dir die Telefonnummer des Schokoladenladens. Dort werde ich von Zeit zu Zeit nach Anrufen fragen.«

Zu zweit in der Luft

Seit Jahren bemühe ich mich, die Logik jener Eltern zu begreifen, die nie gemeinsam ein Flugzeug besteigen.
Mir fällt die Wahl schwer: Will ich lieber im Flugzeug sitzen, das es *nicht* schafft? Oder lieber allein übrigbleiben und drei Kinder von einer mageren Pension aufziehen?
Es ist ähnlich wie die Frage an den Ertrinkenden, ob er lieber den lecken Reifen oder das durchlöcherte Boot will. Verloren ist er so oder so.
Offengestanden halte ich das Ganze für eine von den Fluggesellschaften ausgestreute Legende, damit die Frauen nicht dahinterkommen, daß der Bunny-Club in den Wolken eine Welt für Männer ist.
Ich merkte es, als mein Mann und ich an Bord gingen und ich die Stewardeß bat, meinen weißen Mantel mit den eingebügelten Dauerfalten aufzuhängen. Sie faltete ihn zusammen und – entschuldigen Sie den Ausdruck – wuchtete ihn oben ins Fach. Als mein Mann einstieg, entriß sie ihm die Aktenmappe und versuchte sie über einen Bügel zu hängen.
»Aber das ist doch nicht nötig«, grinste er. »Die kann ich doch unter den Sitz stellen.«
»Lassen Sie nur, Sir«, beharrte sie und beugte sich über ihn. Instinktiv bedeckte ich mit meinem Einkaufsbeutel ihre wohlproportionierte Sitzfläche. Wäh-

rend des ganzen Fluges flatterte sie mit wackelnden Hüften um uns herum wie ein aufgescheuchtes Huhn.

»Kaugummi? Etwas zu trinken? Ein Kissen? Eis? Abendessen? Sauerstoff? Noch etwas Kaffee? Stereo einschalten? Zeitschriften?«

»Wenn du es richtig anfängst«, raunte ich meinem Mann zu, »wird sie dir ein paar Flügel schenken und dich das Flugzeug steuern lassen.«

»Sie ist nur hilfsbereit«, konterte er. »Wie zu jedem anderen auch.«

»Ach nee? Warum hat sie dann zu mir gesagt, mein Platz sei ein Reservestuhl auf den Tragflächen?«

Wir waren ungefähr 25 Minuten in der Luft, da hörten wir Stimmen spanisch sprechen. Zuerst waren sie ganz leise, aber als immer mehr Menschen aufhorchten, verstummten die Unterhaltungen, und dadurch wurden sie deutlicher. Unsere Hosteß hatte sich eben zum dritten Mal umgezogen und trat wieder in Erscheinung. Sie hörte sie auch. Langsam wanderte sie den Mittelgang entlang und blieb neben unseren Plätzen stehen. Als sie meinen Mann ansah, zerrte er seine Aktentasche unterm Sitz vor und öffnete sie behutsam. Durch das Geschaukel hatte sich das Bandgerät eingeschaltet, mit dem er seinen Abendkurs in Spanisch aufgezeichnet hatte.

»Wie tapfer von Ihnen«, sagte die Stewardeß und schüttelte seinen Arm. (Was ist so tapfer daran, eine Aufzeichnung wahrzunehmen mit Sätzen wie: »Mein Herr, Sie stehen meinem Esel auf dem Fuß«?)

Auch die übrigen Mädchen himmelten ihn an, als habe er eben eine narrensichere Kur gegen Hühneraugen entdeckt.
Bei der Rückreise nehmen wir verschiedene Flugzeuge. Ich habe es mir überlegt.

Die Freiheit, die ich meine

Ich stand an der Straßenecke, beide Arme ausgebreitet, und sagte zu meinem Mann: »Was du vor dir siehst, ist eine befreite Frau!«
»Tu die Arme herunter, eh jemand eine Zigarette in deiner Hand ausdrückt«, sagte er sachlich. »Wie meinst du das denn?«
»Bist du dir darüber klar«, fragte ich, »daß wir seit Jahren zum ersten Mal ohne die Kinder Urlaub machen? Urlaub von den Kindern: kein ausgetrocknetes Rührei auf den Tellern. Nicht überallhin den Chauffeur machen müssen. Kein dauerndes Telefongebimmel. Nicht nachmittags um 3 Uhr zu Mittag essen, weil Fußballtraining ist. Wir sind frei, hörst du, frei! Steh gerade, Liebling, und mach keinen solchen Buckel, sonst wirst du später verwachsen. Also, was tun wir als erstes?«
»Wir suchen uns ein Restaurant«, sagte er.
»Prima. Komm, gib mir die Hand, wenn wir über die Straße gehen. Man weiß nie, ob nicht ein Irrer das Rotlicht überfährt. Wo war ich stehengeblieben? Ah ja, bei der Freiheit. Weißt du, manche Frauen sollen innerlich derart auf ihre Kinder fixiert sein, daß sie ihre Mutterrolle nicht vergessen können. So etwas ist traurig.«

»Wie wär's mit diesem Lokal?«

»Sieht gut aus, aber bitte bestell doch sicherheitshalber nur Käse oder Erdnußbutterbrot. Bei Käse oder Erdnußbutter kann nichts passieren. – Die Herrentoilette ist da drüben. Ich pass' inzwischen auf deinen Mantel auf. Setz dich nicht direkt auf die Brille, und vergiß nicht, zu spülen.«

»Da bin ich wieder«, sagte mein Mann. »Hast du bestellt?«

»Ja. Hast du dir die Hände gewaschen?«

»Na hör mal!«

»Gut. Setz dich hin. Vergiß die Serviette nicht. Sprich nicht mit vollem Mund. Die Milch in deinem Glas schwappt gleich über, paß auf.«

»Du brauchst mir das Sandwich nicht zu schneiden«, sagte er irritiert. »Ich bin durchaus in der Lage, es selbst zu tun.«

»Macht der Gewohnheit«, lachte ich. »Ich bin eben ein Gewohnheitstier. Wovon sprachen wir doch eben?«

»Von der Freiheit – der Freiheit von den Kindern.«

»A propos Kinder: Habe ich dir schon erzählt, was dein Sohn gesagt hat, als er – warum trittst du mich denn unterm Tisch? Hat Mama dir nicht schon so und so oft gesagt: Die Füße läßt man hübsch am Boden.«

»Jaja, ich weiß: Wenn der liebe Gott gewollt hätte, daß man sich die Schuhe an Menschen abputzt, hätte er sie aus Plastik gemacht«, wiederholte er automatisch.

»Stimmt. Wie gesagt: Wir haben jetzt eine Woche lang Kinder-Ferien. Komm, wir bummeln durch die Stadt und kaufen ein – für sie. Ich habe eine vierbeinige

afrikanische Trommel gesehen, und einen chinesischen Papierkorb mit rotem Drachen drauf. Das wäre genau das Richtige. Weißt du, wenn man nur was kauft, was mühelos in den Koffer geht, könnten sie glauben, wir hätten sie nicht lieb.
Ist es nicht herrlich, einmal so ganz befreit zu sein?«

6.
...Mutter sein dagegen sehr

Falls Sie über dergleichen Buch führen: Bei der Wahl zur ›Mutter des Jahres‹ fehlten mir genau drei Stimmen (die meiner Kinder), bei der olympischen Staubwischmannschaft kam ich nicht mal in die Ausscheidungskämpfe, und bei Backwettbewerb ›Das Mehl und ich‹ konnte ich mich auch nicht durchsetzen.
Aber beim Ärztekongreß in Passaic, New Jersey, wurde ich zur Frau mit der längsten post-natalen Depression in der Geschichte der Gynäkologie ernannt.
Noch nach vierzehn Jahren war ich kribbelig wegen der Erziehung zur Sauberkeit, gekränkt, weil die Schwangerschaftsstreifen im Sommer nicht braun wurden, deprimiert, weil ich immer noch Umstandskleidung trug.
Die schönste Müttergeschichte jedoch kam mit der Post. Es ging da um eine Mutter, die alles, alles konnte. Sie war eine Tugendmutter, eine Idealfrau, hatte sechs Kinder, die sie mit Weisheit und Geduld lehrte und beriet. Nie war sie zu beschäftigt, um ihnen zuzuhören und auf beneidenswert klare und ruhige Weise mit ihnen zu sprechen. Sie führte ihren Haushalt mit stiller Tüchtigkeit, ihr Privatleben mit Gleichmut,

niemals wirkte sie überdreht oder erschöpft. Sie gedieh während Krisen und Traumata, sie lächelte angesichts von Katastrophen, sie blieb gleichmäßig freundlich und friedlich.
Eines Tages wurde sie gefragt, wie sie das eigentlich schaffe. Sie schwieg kurz, dann sagte sie: »Jeden Abend, wenn die Kinder im Bett ihre Anziehsachen für den nächsten Morgen hergerichtet, ihre Pausenbrote fertig und die Lichter gelöscht sind, falle ich neben ihren Betten in die Knie und bete. Ich bete: ›Sei bedankt, o Herr, daß ich auch heute keines von ihnen erschlagen habe.‹«
O Mutterschaft, dein Nam' ist Frust.

Haariges

Hätte mir jemand vor fünf Jahren prophezeit, daß ich meinem Sohn einmal meinen Fön leihen würde, ich hätte mich schiefgelacht.
Seine Frisur sah von jeher aus wie ein ungemachtes Bett. Der Wind zieht ihm den Scheitel. Er kämmt es mit fünf Fingern. Wenn erst die Vögel anfangen, darin Nester zu bauen, lassen wir es schneiden.
Das änderte sich eines Tages. Da trug die ganze Nation die Haare so, und mein Sohn war nur mehr ein Mitläufer. Nur zu gern würde ich berichten, daß sich alle betroffenen Eltern mittlerweile an die Langhaarigkeit ihrer Söhne gewöhnt haben, doch leider haben sie es nicht. Wohin ich auch komme, man fragt mich als erstes: »Wie lang trägt Ihr Sohn das Haar?«
Ich sehe darin das Symbol für meine mütterliche Au-

torität über ihn. Im Juni 1971 war meine Erziehungstaktik noch etwas plump. Ich sagte ihm ins Gesicht, ich hätte nicht 18 Stunden lang in den Wehen gelegen, um einen prähistorischen Cromagnonmenschen zur Welt zu bringen. Er war kompromißbereit und erlaubte, daß der Friseur ein-, zweimal mit der Schere über seine Bartkoteletten wedeln durfte.

Im September des gleichen Jahres versuchte ich es mit der Beschämungstour. Ich teilte ihm mit, er sehe aus wie Prinz Eisenherz mit einer Zweidollar-Dauerwelle. Er war geschmeichelt und borgte sich meine Dauerwellentinktur.

Im Januar 1972 knöpfte ich ihn mir wieder vor, diesmal ohne Umschweife. Ich setzte ihn vor mich und fragte ihn frei heraus, worauf er hinauswolle. Er erklärte mir, langes Haar sei der Ausdruck seiner Individualität. Ich bat ihn, sich seine Individualität kürzen zu lassen, da sie ihm ins Gulasch hinge. Das lehnte er ab, sagte jedoch zu, dafür zu sorgen, daß es ihm nicht die Sicht behindere. Das führte zu einem Tic-artigen Leiden, bei dem er seinen Halswirbeln einen Ruck gab. Man sah dann eine Zehntelsekunde lang einen Augapfel.

Im März 1972 war ich es, die beschloß, ihm entgegenzukommen. Wenn er sich die Haare schneiden ließe, würde ich ihn wieder ins Haus lassen, ihn wieder in mein Testament einsetzen und ihm gestatten, in seine Leselampe ein Anti-Insekten-Licht einzuschrauben. Er lehnte ab.

In diesem Monat gebe ich mich nun geschlagen. Ich sagte mir, ich hätte schon Jungen mit längerem Haar

gesehen (doch das waren vielleicht Mädchen?). Ich sagte mir, es gebe Schlimmeres als einen Sohn mit langem Haar, etwa einen, dem ein Zahn aus dem Ohr wüchse, oder einen, der mit 18 noch nicht sauber sei. Ich sagte mir, ich würde mich daran gewöhnen, denn schließlich gehöre er zu einer anderen Generation, die ihr eigenes Leben lebe. Hatte ich nicht noch Haarreifen mit einer Mickymaus? Gerade als ich mir dies alles sagte und daß es nur eine vorübergehende Marotte sei und er in wenigen Jahren so kahl sein würde wie ein Sergeant der Ledernacken, ging er an der offenen Tür vorbei und schleuderte die Haare ruckartig zur Seite, woraus ich schloß, daß er bei Bewußtsein war.
»Du, Mami«, sagte er, »wir haben keinen Festiger mehr im Hause.«

Mach dir ein paar schöne Stunden

Mit der Bewertung von Filmen muß etwas geschehen. Es weiß ja bald kein Mensch mehr, wer ins Kino darf, wer im Wagen sitzen bleiben muß, und ob man mit über 19 und unter 75 hineingehen darf und all das.
Die Bewertung ›jugendfrei‹, die man mir als erstes erklärte, bedeutet, daß man alle Altersstufen hineinschicken kann.
Als ich einen solchen Film gesehen hatte, glaubte ich, daß in solchen Filmen keine Nacktszenen vorkommen, aber oft grobe Ausdrücke fallen.
Als ich dann mit den Kindern mehrere jugendfreie Filme angesehen hatte, änderte ich meine Ansicht. Ich darf das vielleicht durch einige Beispiele erläutern.

Es lief ein Film *The Hawaiians* mit Charlton Heston. Zu Charlton hatte ich unbegrenztes Vertrauen, schließlich hatte er in vielen Bibelverfilmungen mitgespielt.
Als eine Frau an Bord eines Schiffes jeden Moment damit rechnen mußte, vergewaltigt zu werden, schickte ich unseren Jüngsten in die Kassenhalle Schokolade kaufen. Als Charlton zu Geraldine Chaplin ins Bett kroch, drehte ich ihn mit dem Gesicht zum Notausgang und befahl: »Hol noch Bonbons.«
Als der Held sich auszog und mit sechs, sieben nackten Eingeborenendamen in ein riesiges Bad stieg, rief ich ihm nach: »Bleib gleich draußen und warte auf frischgeröstetes Popcorn.«
Während der Vorführung von *Patton* (ebenfalls jugendfrei) mußte ich die Kinder 82 mal nach Popcorn hinausschicken, außerdem zu den Telefonautomaten, ob nicht bei einem ein vergessener Groschen rauskam, zum Wagen, ob wir nicht versehentlich die Scheinwerfer brennengelassen hatten, und auf die Herrentoilette, das Regimentsabzeichen ihres Vaters aus dem 2. Weltkrieg suchen.
Meine Kinder behaupten, sie müßten in einem jugendfreien Film längere Strecken zurücklegen als die Platzanweiser und außerdem hätten alle anderen Kinder den Film bereits gesehen und gesagt, es sei überhaupt nichts dran.
Ich bin in einem Haus erzogen, in dem mein Vater eine Zeitschrift abbestellte, weil sie Reklamen für Bruchbänder enthielt. Ich bin groß geworden in einer Zeit, in der *Vom Winde verweht* Schlagzeilen machte, weil

Rhett Butler fluchte. Ich bin groß geworden in den puritanischen Jahren, in denen man die Straße überquerte, um nicht an einem Tingeltangel vorbeizumüssen. Und heutzutage machen die Tingeltangel pleite, weil sie mit den jugendfreien Filmen nicht mehr konkurrieren können.

Nur zu gern möchte ich irgend jemand dafür verantwortlich machen, daß jugendfreie Filme keiner Vorzensur unterliegen. Dann hätte ich es leichter. Aber vielleicht verfolgen die Filmemacher eine bestimmte Absicht. Vielleicht wollen sie die Verantwortung, *ja* oder *nein* zu sagen, wieder den Eltern zuschieben, die sie immer hatten und denen sie gebührt.

Ich kam mir neulich vor wie die Unschuld vom Lande, als Mutter und ich einen jugendfreien Film anschauten, in den die Kinder unbedingt wollten. Die Leinwand war still und dunkel. Ein Pärchen kicherte. Ich sah, daß sie sich mit Gefühl küßten.

Da beugte Mutter sich zu mir und flüsterte: »Erma, geh und hol Popcorn.« Ich stelzte den Mittelgang entlang und grollte: Alle anderen Mütter haben den Film gesehen und gesagt, es sei überhaupt nichts dran.

»Es bleibt ein Traum . . .«

Ich habe nie verstanden, warum Babies mit allen Zubehörteilen geliefert werden, die für ein erfülltes, reiches Leben erforderlich sind, ihre Abwässerbeseitigung hingegen unfertig ist und Amateuren überlassen bleibt. Wenn es eine Geldfrage wäre, gäbe es wohl

keine Mutter auf der Welt, die nicht ein paar zusätzliche Dollar springen ließe, wenn sie dafür das Kind vollständig montiert, Klo-fähig und für längere Reisen geeignet zur Welt bringen könnte.
Wie die Dinge liegen, quälen sich die Mütter ab, ihre Brut zur Sauberkeit zu erziehen, indem sie Wasser laufen lassen oder den Kleinen Muscheln ans Ohr halten, damit sie etwas rauschen hören. Ich habe die Wasserhähne des ganzen Hauses aufgedreht und Dias vom Erie-See gezeigt – aber der Kleine saß auf seinem Topf, rollte begeistert Klopapier ab und tat nichts dergleichen.
Sogar vor Drohungen schreckte ich nicht zurück. Ein Kind hatte ich, dem versprach ich in die Hand, ich würde es noch mit Einlagewindeln zum Militär schikken. Noch anderes stellte ich ihm in Aussicht: ein Bett mit einem Loch in der Mitte, ein Fahrrad mit eingebauter Toilette und eine Alarmanlage, die beim Feuchtwerden klingelt.
Die ganze Sache war recht albern. Aber wir werden ja alle albern, wenn wir uns bemühen, stellvertretend in unseren Kindern Erfolg zu haben.
Heute stellte ich fest, daß eine neue Erfindung auf den Markt gekommen ist, die die Erziehungszeit um 90% verkürzen soll. (Bei einigen Kindern kommt man dabei, über den Daumen gepeilt, auf circa zwei Wochen vor dem ersten Disco-Besuch.)
Es ist ein Thrönchen mit eingebauter Musikbox. Wenn das Baby seine Sache brav gemacht hat . . . und nur dann . . . belohnt die Musikbox es mit einem Liedchen.

Zum ersten Mal sah ich diesen ›Training-Kit‹ bei meiner Nachbarin Gloria.
»Fabelhaft«, sagte ich. »Was spielt das Ding denn?«
»›Es bleibt ein Traum‹« sagte sie kurz und sachlich.
»Hast du Erfolg damit?« fragte ich hoffnungsvoll.
»Eigentlich nicht«, sagte sie. »Todd ist zu gerissen. Als ich ihn das erste Mal draufsetzte, hockte er verängstigt und wie angeleimt da, als hätte ich ihn aufgefordert, mit einem Fesselballon den Atlantik zu überqueren. Also habe ich es ihm erklärt. Todd, habe ich gesagt, wenn du schön Pipi machst, kommt Musik.«
»Hat er das verstanden?«
»Kein Wort. Er saß ein paar Stunden lang, und schließlich nahm ich ihn auf, ging in die Küche, holte ein Glas Wasser und goß es ins Pöttchen. Die Musik ging los, Todd klatschte in die Hände, tanzte um den Thron herum und amüsierte sich königlich. Dann habe ich ihn wieder draufgesetzt, und er saß weitere paar Stunden.«
»Und dann?«
»Dann habe ich ihn hochgenommen und wieder ein Glas Wasser reingegossen und es ihm noch mal vorgeführt.«
»Und schließlich hat er begriffen, und jetzt wird er allmählich sauber, stimmt's?«
»Irrtum. Alle paar Stunden holt er sich ein Glas Milch und gießt es in den Topf und tanzt nach der Melodie ›Es bleibt ein Traum . . .‹«
»Hältst du es für möglich, daß er es noch lernt?«
»Ich weiß nicht«, sagte sie betrübt und schüttelte den Kopf. »Ich weiß nur, daß er schrecklich enttäuscht

sein wird, wenn er ein Kochgeschirr voll Wasser über der Militärlatrine ausgießt und nichts ertönt, wonach er tanzen kann.«

Einspruch abgelehnt

Wissen Sie, was bei manchen Frauen so schlimm ist? Daß sie keine Phantasie haben. Eine Nachbarin erzählte mir vor kurzem, ihr kleiner Jody habe aus den Ferien unbedingt eine Schwarznatter mit heimbringen wollen.
»Was haben Sie ihm da gesagt?« fragte ich.
»Leider fiel mir kein einziger stichhaltiger Grund ein, warum er es nicht sollte«, meinte sie und zuckte hilflos die Achseln.
»Na, hören Sie mal«, quiekte ich. »Vor paar Jahren hat sich eines meiner Kinder so ein glitschiges Vieh gefangen und in eine Limoflasche gesteckt, aber mir fielen sofort zehn triftige Gründe, es am Ferienort zurückzulassen. (Das Vieh, nicht das Kind.)
1. Schlangen wissen nie, was sie wollen. Erst hopsen sie vor Freude bei der Aussicht auf eine Vergnügungsreise, ganz weit weg von Papi und Mami, aber nach zwei Tagen fern der Heimat finden sie es zum Aus-der-Haut-Fahren.
2. Deine Schlange würde dir bald langweilig. Was kann sie schon groß? Kann sie einem Ball nachlaufen, den du ihr wirfst? Kann sie an der Leine mit dir zum Supermarkt gehen? Kann sie in ein Zimmer voller Leute kommen, ohne daß es sich im Handumdrehen leert?

3. Sei dir darüber klar: Schlangen gehören zu einer unterdrückten Minderheit. Möchtest du, daß sie unter der allgemeinen Zurücksetzung leidet? Täte dir nicht das Herz weh, wenn man ihr den Zutritt zum Bibelkränzchen verwehrte? Wenn du sie in einem Einmachglas vor der Tür lassen mußt, wenn du im Haus mit deinen Freunden spielst?
4. Es ist schwer, Schlangen dazu zu bringen, daß sie auf Zeitungspapier ihr Geschäft erledigen.
5. Schlangen fressen durchweg nur Lebendiges. Was willst du tun, wenn dir die Mäuse ausgehen und sie anfängt, unseren Gasmann gierig zu mustern?
6. Woran merkst du, daß sie Kopfweh hat?
7. Wie willst du ihr erklären, daß jemand ihr nur aus Versehen die Harke über den Kopf gezogen hat?
8. Du zwingst sie zu einem klösterlichen Leben. Woher weißt du, daß sie sich nicht lieber mit Schlangenweibchen treffen und eine Familie gründen möchte?«
»Und? Hat er Ihnen das abgenommen?« fragte die Nachbarin mit leuchtenden Augen. »Ich meine, ist ihm klargeworden, daß es natürliche Unterschiede zwischen Jungen und Schlangen gibt?«
»Eigentlich erst, als ich ihm die Gründe 9 und 10 versetzte.«
»Und die waren?«
9. Wenn du die Schlange mit in Mamis Auto nimmst, bekommt die Mami einen Herzanfall und fällt tot um.
10. Ich frage dich: Wärst du gern ein mutterloses Waisenkind, das mit einer nach Sex ausgehungerten,

streitlustigen, schlecht angepaßten Schlange in einer Limo-Flasche durch die Welt irrt?«
»Aha. Und da hat er Sie statt der Schlange gewählt.«
»Das nicht direkt, aber er hat es sich wenigstens überlegt.«

Ratet mal, wer mit Geschirrspülen dran ist

Den größten Theaterrekord aller Zeiten hält *Anatevka*. Das heißt: am Broadway.
Bei uns zu Hause hält den Aufführungsrekord ein kleines Drama, das allabendlich gespielt wird. Es heißt: Ratet mal, wer mit Geschirrspülen dran ist.
In den letzten elf Jahren ist es mit dem Original-Ensemble an die 4000 mal aufgeführt worden, dazu kamen Matineen an Sonnabenden und Sonntagen.
Wenn der Vorhang aufgeht, sieht man eine Familie nach ihrer Abendmahlzeit bei Tisch sitzen. Die Älteste spricht zuerst. »Du bist dran«, sagte sie automatisch zu ihrem Bruder.
»Denkste«, sagte der und wendet sich an seinen Bruder. »Ich war erst gestern dran.«
Der kleine Bruder wendet sich an den rechts von ihm sitzenden und sagt: »Und ich vorgestern.«
»Was hat es denn zum Abendessen gegeben?« fragt die Schwester hämisch und ihre Augen ziehen sich zu Schlitzen zusammen.
»Huhn. Ich weiß es genau, weil ich mit den Knochen den Müllschlucker kaputtgemacht hab'.«
Die Schwester wechselt auf die linke Seite der Bühne und ruft von dort: »Es gab Auflauf, und die Form habe

ich eingeweicht, also bist heute du dran.« Damit fährt sie herum und zeigt mit dem Finger auf den größeren ihrer Brüder.
»Von wegen«, sagt der. »Wie du dich vielleicht erinnern wirst, habe ich Dienstag abend mit dir getauscht, weil du die Turnhalle schmücken mußtest.«
»Und was ist mit damals vor fünf Jahren, als ich dich vertreten habe, weil du dir den Arm gebrochen hattest und über Nacht im Krankenhaus bleiben mußtest?«
»Ist längst wieder abgedient. Außerdem stell' ich nicht die große Rührschüssel mit einem einzigen Pflaumenkern in den Eisschrank, bloß damit ich sie nicht abzuspülen brauche – wie gewisse Leute, die ich kenne.«
»Und ich lass' keinen Abfall im Ausguß liegen, wie gewisse Leute, die *ich* kenne.«
Diesen Augenblick benutzt der kleinere Bruder, um diskret von der Bühne abzugehen. Er wird jedoch entdeckt.
»Halt! Du bist dran. Ich merk' dir's an. Du hast gegrinst!«
»Ich grinse überhaupt nicht. Ich bin dafür, daß wir ganz von vorn anfangen, und zwar bei der Ältesten und dann immer der Reihe nach.«
»Das sagst du bloß, weil du der Jüngste bist.«
»Soll das 'n Vorteil sein? Schließlich hab' ich erst mit zwölf eine Uhr gekriegt.«
Das Publikum, bestehend aus zwei Erwachsenen, schiebt die Stühle zurück und verläßt das Theater.
»Wann hatten wir zum letzten Mal Spaghetti?« fragt mein Mann.
»Vor ungefähr drei Wochen«, sage ich. »Warum?«

»Weil ich welche auf meinem Teller gefunden habe.«
»Damit muß man rechnen, wenn man mimosenhafte Mimen zu Tellerwäschern degradiert.«

E steht für ESSEN

Die durchschnittliche Lebensdauer eines Eisschranklichts beträgt 37 Jahre, 4 Monate und 18 Stunden.
Wir haben die Birne in den letzten zwei Jahren dreimal erneuern müssen. Dies ist auf die Tatsache zurückzuführen, daß alle Viertelstunde die Riesentüren geöffnet werden, die eine fürs Tiefkühlfach, die andere für den Kühlschrank, und mein Sohn regungslos davorsteht und den Inhalt anstarrt, als erwarte er den Weihnachtsmann. Wenn man seinen Blick von rechts nach links schweifen sieht, meint man, er werde gleich etwas äußern wie »Ich habe euch alle hier versammelt, meine Lieben, und ihr fragt euch wohl, warum?« Doch es kommt nichts. Nur kalte, schweigende Bestandsaufnahme.
Neulich abends, als ich mir ein Plaid über die Beine warf, um mich gegen die Kälte aus dem offenen Kühlschrank zu schützen, verlor ich die Geduld. »Warum läßt du die armen Speisereste nicht in Ruhe vergammeln?«
»Ich suche etwas«, erwiderte er.
»Warte nur, du kriegst gleich was!« drohte ich. »Und jetzt mach gefälligst die Tür zu.«
»In diesem Hause ist ja nie was Eßbares.«
»Wieso sind wir dann die einzige Familie in diesem Häuserblock, die sechs Mülltonnen benötigt? Außer-

dem kannst du unmöglich schon wieder hungrig sein. Du bist eben erst vom Tisch aufgestanden.«

»Das war vor einer Stunde.«

»Mach die Tür zu!«

»Kann ich einen Eiswürfel haben?«

»Von mir aus«, sagte ich ergeben. Minuten später hörte ich den Mixer jaulen und ging dem Geräusch nach. Der Küchentisch war gedeckt wie zu einer römischen Orgie: Französisches Weißbrot, Oliven, Frühstücksfleisch, Käse, diverse Saucen in Flaschen. Im Mixer schäumte eine Malzmilch.

»Ich dachte, du wolltest nur einen Eiswürfel?« sagte ich.

»Eiswürfel allein kann man nicht essen«, sagte er und schlug die Zähne in ein Sandwich.

Neulich abends, als ich den Kühlschrank wenige Stunden vorher ganz aufgefüllt hatte, gab auch ich dem Lockruf des Eises nach, wollte einmal beide Türen weit öffnen und mich an meinen Vorräten weiden.

Zu meinem Entsetzen mußte ich vom obersten Fach zwei leere Milchflaschen entfernen, ein leeres Olivenglas, eine Butterdose ohne Butter, eine dünne Scheibe Käse, die bereits anfing sich zur Locke zu kringeln, einen Kuchenteller mit nichts mehr darauf als einer Lage Krümel und ein abgenagtes Hühnerbein.

Mein Mann trat hinter mich. »Fängst du jetzt auch schon damit an? Was gibt es denn da drin so Spannendes?«

Ich war wie vor den Kopf geschlagen. »Ich kann es einfach nicht glauben, daß er das alles verdrückt hat.«

Laß fahren dahin

Als mein Sohn in den Kindergarten kam, konnte er nur vier Worte: »Meine Mami kann fahren.« Später erweiterte er seinen Wortschatz um Ausdrücke wie ›Jederzeit‹, ›Überallhin‹ und ›Entfernung ist egal‹. Aber im ersten Jahr genügten ihm die vier.

Seine Lehrerin, ein Fräulein Schreibkrampf, war seinetwegen recht besorgt und bat mich, in die Schule zu kommen und sein Problem mit ihr zu besprechen.

»Bei Ihrem Kleinen – er hat uns übrigens nie gesagt, wie er heißt – steht man vor einem Rätsel.«

»Er heißt Charlie«, sagte ich.

»Charlie ist in unserem kleinen Kreis ein Außenseiter geblieben. Er hat sich mit keinem anderen Kind angefreundet. Freiwillig meldet er sich nie auf eine Frage. Manchmal ist sein Verhalten geradezu sonderbar. Neulich zum Beispiel sagte ich der Klasse: ›So, Kinder, nun stellen wir uns alle an der Wand auf, die Jungen links, die Mädchen rechts. Und dann wollen wir . . .‹ Da sprang Charlie auf die Bank, schwenkte begeistert die Arme und schrie: ›Meine Mami kann fahren.‹ Ich sagte ihm, das sei nicht nötig, wir wollten nur alle mal hinüber in den Waschraum. Charlie ist manchmal wirklich unbegreiflich.«

»Natürlich können Sie ihn nicht begreifen«, sagte ich. »Dazu müßten Sie wissen, daß er das Schlußlicht unserer Kinder ist, die alle hierhin und dorthin gefahren werden müssen. Er wurde in einem Auto geboren, zwischen dem Verteilen von Sonntagszeitungen und dem Transport seiner Schwester zu einem Pfadfinderinnentreffen. Sein Beißring beim Zahnen war die Steuersäule. Die Zahlen lernte er vom Kilometerzähler. Die einzigen Farben, die er kennt, sind Rot, Grün und Gelb. Das Alphabet beschränkt sich für ihn auf die Buchstaben P R N und D der Automatik-Schaltung. Dieses Kind hat zuviel Zeit in einem Auto verbracht. Neulich wollte er wissen, wer die Radkappen von dem Haus gestohlen habe, an dem wir vorüberkamen.«

»Demnach ist Charlie davon geprägt, daß er in einem Auto groß geworden ist.«

»Geprägt ist charmant untertrieben. Haben Sie nie bemerkt, daß er seine Hose mit einem Sicherheitsgurt zusammenhält?«

»Nein, ist mir nicht aufgefallen.«

»Fräulein Schreibkrampf, Sie sind trotzdem keineswegs die einzige, die Probleme mit dem Bengel hat. Nicht nur ich kann ihn nicht begreifen, sondern auch er mich nicht. Es hat sich bei ihm ein verkehrtes Mutter-Image eingestellt. Er glaubt, ich könne auf dieser Welt nur eines: chauffieren.«

»Wie hat das alles eigentlich angefangen?« fragte Charlies Lehrerin.

»Angefangen hat es bei meinem ersten Kind«, verteidigte ich mich. »Meine Tochter kam von der Schule nach Hause mit einem fotokopierten Blatt, auf dem stand MÜTTER! MÜTTER! MÜTTER! ZU HILFE! ZU HILFE! WIR BRAUCHEN EUCH. AM SONNABEND DARF DIE ERSTE KLASSE AN EINER STUDIENFAHRT IN DEN EULENSCHUTZPARK TEILNEHMEN! WIR BRAUCHEN MÜTTER, DIE BEREIT SIND, SIE HINZUFAHREN! BESTIMMT WIRD ES

AUCH FÜR SIE EIN BEREICHERNDES ERLEBNIS! BITTE! BITTE! BITTE!
Nun, ein bereicherndes Erlebnis wurde es nicht. Zwei meiner kleinen Fahrgäste klammerten sich an den Limo-Automaten und weigerten sich, den Naturlehrpfad zu betreten. Ein Kind in meinem Wagen gestand, es habe Windpocken, die habe seine Mutter aber mit Make-up zugeschmiert, damit es nicht auf den Ausflug verzichten müsse. Und ein Schwarm Eulen hielt meinen Wagen für eine Bedürfnisanstalt.
Als dann mein zweites Kind zur Schule kam, hatte es sich bereits herumgesprochen: ›Die Mami kann fahren‹ wurde zum Feldgeschrei. Diese Tatsache trug beiden Kindern Achtung und Beachtung ein. Mir allerdings trug es Striemen vom Sicherheitsgurt ein, die nur noch operativ zu entfernen sind. Ich bekam so viele ›bereichernde Erlebnisse‹ aufgebrummt, daß meine Familie von Plastikgeschirr essen und Wegwerf-Unterwäsche tragen mußte. Ich fuhr Schülergruppen zur Buchbinderei, in die Bundesstaatliche Strafanstalt, in die Klavierfabrik, zum Fest der Dattelpflaume, in die Druckerei des Lokalblattes und zu einer Erdferkel-Farm.
Als ich eines Tages von einem Lehrausflug durch ein Stahlwerk zurückkehrte (bei der mir die Plomben in den Backenzähnen geschmolzen waren) brachte mir mein Kind ein fotokopiertes Blatt Papier. ›Stell dir vor, Mami, unsere Klasse macht eine Bootsfahrt auf dem Fluß, wir besichtigen eine Fabrik für Spielkarten, und ich habe meiner Lehre-

rin gleich gesagt: Die Mami kann fahren‹. ›Diesmal nicht‹, seufzte ich und nahm Schutzbrille und Schutzhelm ab.
›Warum nicht?‹
›Liebes, man darf nicht zu genußsüchtig sein. Es gibt bestimmt Tausende von Müttern, die traurig in ihrer Waschküche stehen und ein bereicherndes Erlebnis dringend nötig haben.‹
Sein Gesicht wurde lang. ›Und was soll ich meiner Lehrerin sagen?‹
›Sag ihr, ich hätte in Abständen von 30 Sekunden die Wehen. Sag ihr, meine Mutter unterschreibt den Erlaubniszettel nicht. Sag ihr, was dir gerade einfällt.‹«
»Hat es gewirkt?« fragte Charlies Lehrerin und rückte näher.
»Nein. Letzten Endes mußte ich dann doch acht Jungen und Mädchen an den Pier bringen, wo wir uns mit 80 anderen Drittklässlern treffen sollten. Die Fahrt glich einer Feuerwehrübung. 58 der 80 Kinder hatten ihren Proviant aufgegessen, noch ehe wir aus dem Schulhof waren.
Auf dem Schiff wurde zwei kleinen Mädchen schlecht, noch eh wir vom Steg ablegten. Einem Jungen namens Max mußte ich die Wasserski festhalten, die er ›für alle Fälle‹ mitgebracht hatte. Drei Strickjakken, eine Brille, und das Kind, das laut Statistik über Bord gehen würde, gingen über Bord.
Linda fiel ihr wackliger Schneidezahn ins Klo, und sie brüllte hysterisch, als die anderen Kinder ihr einredeten, die Zahnfee könne nicht schwimmen.
Der Klassentyrann redete den anderen ein, wir seien

auf der Titanic und erreichte damit, daß die Hälfte der Kinder in die Rettungsboote kroch und *›Näher mein Gott zu dir‹* sang.
Ein Kind schwor Stein und Bein, es habe ganz in der Nähe ein Piratenschiff mit der Totenkopfflagge kreuzen sehen. Ich war die ganze Fahrt über damit beschäftigt, mit meinem Körper eine Wand im Waschraum abzudecken, auf der mit Lippenstift obszöne Wörter standen. Als wir endlich beim Fabriksgelände eintrafen, war die Meuterei in vollem Gang. Zwei Drittel der Kinder stimmten dafür, im Souvenirladen zu bleiben und Alligatoren mit Matrosenanzügen zu kaufen, auf deren T-Shirt aufgedruckt stand: ›Wasser sparen! Mit jemand anders in die Wanne steigen!‹
Das übrige Drittel der Kinder war sichtlich gelangweilt und wollte möglichst bald wieder zurück in die Schule, um in der Turnhalle Basketball zu spielen.
Auf der Heimfahrt fragte ich eines der Kinder, was es denn nun bei dem Ausflug am allerschönsten gefunden habe. Es sagte: ›Der Handtuchspender, der war prima.‹
So ist das, Fräulein Schreibkrampf, die vier Wörter, die Charlie seit seiner Geburt gelernt hat, ›Meine Mami kann fahren‹, genau die treiben mich auf die höchste Palme.«
»Und was, glauben Sie, sollten wir tun?«
»Ich hatte gehofft, wir könnten mit Charlie arbeiten und ihm dabei ein neues Wort beibringen.«
»Woran hatten Sie gedacht?«
»An das Wort *nein*.«
»Wäre das nicht ein bißchen zu abrupt?« fragte sie.

»Ich hatte mir vorgestellt, wir könnten behutsam und stufenweise vorgehen. Wissen Sie, am Mittwoch geht die Klasse ins Museum, um dort den Film ›Geburt eines Torfstichs‹ zu sehen – keine Szene ist zensiert. Dazu brauchen wir Mütter, die die Kinder hinfahren. Charlie hatte kaum gehört, daß es sich um ein bereicherndes Erlebnis handelt, da nannte er auch schon Ihren Namen. Er hat ein hektographiertes Blatt mit, auf dem steht, Sie sollen sich Proviant mitnehmen, flache Schuhe anziehen und sich gegen 10 Uhr bei der Schule einfinden.«
»Fräulein Schreibkrampf, was würden Sie sagen, wenn ich Ihnen verspreche, daß ich Charlie ab sofort den Sicherheitsgurt um den Mund binden werde?«
»Aber dann – fallen ihm doch die Hosen herunter. Es wäre ein traumatisches Erlebnis.«
»Besser traumatisch als bereichernd.«

7.
»Anonyme Vierziger«

In meinem Heimatlande ist man übertrieben altersbewußt. Deshalb hat sich eine Gruppe gebildet, die sich ›Anonyme Vierziger‹ nennt. Sie hat es sich zur Aufgabe gemacht, ihren Mitgliedern beim Überwinden des Altersproblems zu helfen. Das geht so vor sich: Einige Monate vor Erreichen des vierzigsten Lebensjahres lädt man die werdenden Geburtstagskinder zu einer Gruppentherapie ein.

Erst wird ein Zehnminutenfilm vorgeführt, in dem Doris Day die Nase kraust, sich mit der Zungenspitze über die Lippen fährt und lächelnd sagt: »Ich bin über vierzig und habe noch all meine Sommersprossen.« Danach sind die Zuschauer in kooperativer Stimmung. Und dann muß ein Mitglied ›öffentlich bekennen‹. Als ich dabei war, Sylvia S.

»Ich bin über vierzig«, sagte sie mit zitternder Stimme. (Beifall)

»Vor wenigen Monaten war ich deprimiert und unglücklich und glaubte, das Leben sei nicht lebenswert. Wenn der Thermostat ansprang, wurde mir nicht wärmer, sondern kälter. Ich wollte keine Äpfel essen, obwohl ich noch all meine Zähne habe. Wenn die

Kinder morgens zur Schule gefahren waren, naschte ich schnell ein Geriatrikum. Ich schickte mir selber Beileidskarten und wollte keine längeren Romane mehr anfangen. Eine Freundin riet mir zu den ›Anonymen Vierzigern‹. Bei dieser Zusammenkunft hörte ich Senator Thurmond eine Rede halten. Es hatte eine wunderbare Wirkung.
Ich ging nach Hause und übte vor dem Spiegel das Wort ›vierzig‹. Ich hielt mich für geheilt. Doch dann ging ich abends auf eine Party. Dort waren alle unter 30. Ein Alptraum! Keiner wußte, wie ›Junge, komm bald wieder‹ weiterging. Keiner hatte je von Maria Montez oder Zsa Zsa Gabor gehört. Und als ich nicht wußte, was Chauvies und Softies sind, lachten sie mich aus.
Auf dem Heimweg malte ich in meiner blinden Wut einem Reklameplakat einen Schnurrbart. Ein Mitglied der ›Anonymen Vierziger‹ sah mich, als ich auf einem Rock-Festival im Hippie-Look erschien. ›Nehmen Sie sich zusammen‹, mahnte er. ›Sprechen Sie es laut vor sich hin: Ich bin vierzig.‹
›Ich bin fififi – nein, ich bringe es nicht über die Lippen‹ rief ich.
›Sie können es!‹ ermutigte er mich.
›Es hat keinen Zweck‹, sagte ich, ›diese Welt gehört den Jungen. Alle sind jünger als ich. Mein Arzt trägt sein Stethoskop in einem Turnschuhbeutel. Mein Anwalt braucht sich nur einmal wöchentlich zu rasieren. Der Mathematiklehrer meines Sohnes trägt noch eine Zahnspange. Ich bin noch mit einem Flugzeug geflogen, das Stützräder hatte (wie ein Dreirad). Mein Gott,

Mann, verstehen Sie denn nicht: ich bin älter als die Micky Maus!«

Sylvias Stimme brach. »Und heute bin ich stolz darauf, sagen zu können, daß ich es gelernt habe, von einem Tag zum anderen mit meinem Problem zu leben.«

Abends stellte ich mich vor den Spiegel und übte. »Mein Name ist Erma B. und ich bin fff – man sieht es mir nicht an, aber ich bin fff – an manchen Tagen sehe ich aus wie ffff – voriges Jahr war ich ...« Es war sinnlos. Ich rief die ›Anonymen Vierziger‹ an. Sylvia kam herüber, und wir becherten gemeinsam.

Es wäre nicht so schlimm, den 40. oder einen sonstigen Meilenstein zu erreichen, wäre es nicht heutzutage Mode geworden, Geburtstage in Restaurants an die große Glocke zu hängen. Das reicht dann von einem zusätzlichen Brötchen und einer Kerze auf dem Tisch bis zu einem Chor Kellnerinnen mit Polypen in der Nase, die ›Happy birthday to you ...‹ anstimmen.

Ich habe meine Familie gewarnt: Wenn ihr mir je einen Geburtstag in der Öffentlichkeit antut, stürze ich mich in den nächsten Schaschlik-Spieß! Nach dem 12. Lebensjahr sollte man Geburtstage so diskret behandeln wie Bruchoperationen. Schließlich sind sie eine Privatangelegenheit.

Philosophen und Dichter mögen über die mittleren Jahre reden, was sie wollen, es bleibt die Frage: »WAS bitte beginnt mit vierzig?«

Die Lachfältchen verlieren das ›chen‹. Die Grübchen an Knien und Ellbogen füllen sich auf. Man braucht eine Brille, um etwas am Schwarzen Brett zu lesen. Und wenn man glaubt, die Teenager seien nun endlich alt genug, um alles über Sex zu erfahren, hat man vergessen, was man ihnen erst sagen wollte, wenn sie alt genug dazu wären.

Es ist kein Trost, wenn Leute wie Elizabeth Taylor zwitschern: »Ich werde weder das nahende Altern noch Falten oder Fettpölsterchen bekämpfen.« (Wenn ich solche Männer wie sie becircen kann, bekämpfe ich auch nichts!) Ich bin nur deshalb so bitter und zynisch, weil ich gerade eine Midlife-Krise durchmache, die man als W.W.N.I.E.K. (= Waren-wir-nicht-in-einer-Klasse-)Syndrom bezeichnen sollte.

Das W.W.N.I.E.K. beginnt am Vorabend des 40. Geburtstags und hält an, bis niemand mehr Lust hat, sich als Ihr Zeitgenosse zu bekennen. Noch nie haben mich so viele dickliche Glatzköpfe angesprochen und aufgefordert, mich an die guten alten Zeiten zu erinnern! Neulich abend blieb in einem Restaurant die Bewohnerin eines Seniorenheims an unserem Tisch stehen und fragte mich: »Kennen Sie mich noch? Wir waren doch zusammen im Kochkurs?«

Erschrocken sah ich auf. Als diese Frau mit mir in den Kochkurs ging, konnte das Feuer noch nicht erfunden gewesen sein.

»Wie war doch schnell der Name? Erna? Edna?« fuhr sie hartnäckig fort. »Ach ja, und Sie haben geschrieben! Für die Schülerzeitung.«

»Sie verwechseln mich mit Edna St. Vincent Millay«, sagte ich abweichend.

»Nein, nein«, sagte sie. »Ihr Haar ist ein bißchen anders in der Farbe und Ihre Zähne ein bißchen anders in der Form, und Sie tragen eine Brille und haben ein

bißchen zugenommen, aber ich würde Sie unter Tausenden erkennen.«
»Woran hat sie es gemerkt?« fragte ich meinen Mann.
»Daran, daß du leuchtende Augen kriegst, wenn das Orchester ›Isn't it romantic‹ spielt.«
Bei solchen Gelegenheiten schwört man sich, nie wieder zu einem Klassentreffen zu gehen. Neulich war ich auf meinem unwiderruflich letzten.
Es ist einfach unfair gegenüber all diesen alternden, erschlafften, ergrauenden, gestrig angezogenen Leutchen, die da wimmeln und versuchen, sich zu amüsieren, daß ich noch so phantastisch aussehe.
Da trat ich doch tatsächlich auf eine Klassenkameradin zu und fragte sie: »Was um Gottes willen hast du alles durchgemacht?«
Und wie war es mit der armen Klara Wiehießsiedochnoch? Mit ihrem Gedächtnis ist es nicht mehr weit her, sie nannte mich den ganzen Abend über immer nur Ernie. Geschieht ihr recht, was braucht sie den ollen Charley zu heiraten. Oder war es Harley, na ja, diesen Dingsda eben. Und die arme Iris Pick, über die hätte ich weinen können. Drei Kinder kurz hintereinander. Die treiben sie natürlich auf die Palme. Zum Glück liegen zwischen meinen größere Abstände.
Aber der fürchterlichste Schock war doch unsere ehemalige Klassensprecherin Enis. Die ist ja total weg vom Fenster. Wenn der Präsident der USA anwesend gewesen wäre, sie wäre auf ihn zugegangen und hätte gefragt: »Was machen Sie denn so zur Zeit?« Ich habe ihr versprochen, ihr mein Exemplar von Peyton Place zu leihen, wenn ich es aus habe.

Und wenn mir einer gesagt hätte, daß meine beste Feundin, Wanda Weight, fast weißhaarig sei, ich hätte es ihm nicht geglaubt. Mir fiel fast die Zweitfrisur herunter, als ich sie sah. Und man fand allgemein, daß mein einstiger Verehrer Leroy Katch geradezu vorsintflutlich aussähe. Ich konnte meine Brille in meiner verkramten Handtasche nicht finden, um es selber zu beurteilen, aber ich kann mir nicht denken, daß die anderen mich anschwindeln würden.
Wie ich auf dem Heinweg zu meinem Mann sagte: »Es ist unglaublich, wenn man sich vorstellt, daß einige meiner Klassenkameradinnen schon Großeltern sind.«
»Ich weiß«, sagte er gelassen.
»Weißt du, was das bedeutet?« fragte ich. »Ein paar von ihnen müssen ihre Kinder schon gekriegt haben, als sie selbst kaum mehr als Babies waren, mit . . .«
»Fünfundzwanzig«, half er mir ein.
»Aber mit den Lehrkräften ist es irgendwie komisch«, fuhr ich nachdenklich fort. »Als ich Fräulein Krawith in Sozialkunde hatte, sah sie aus wie siebzig. Und heute abend hat sie ausgesehen wie fünfzig. Warum bist du denn so schweigsam? Ist was?«
»Mevin Moose – er hatte den ganzen Mund voll falscher Zähne. Mir ist vor Schreck fast meine Brücke rausgefallen.«
»Ja, nicht wahr, es ist zum Weinen«, sagte ich traurig. »Die armen Teufel kämpfen gegen das Alter. Wir hätten nicht hingehen sollen. Aber ich wollte alle noch einmal wiedersehen, ehe sie zu alt sind, um mich zu würdigen.«

Jeder nähert sich auf seine Art den Meilensteinen seiner Biographie.
Mein Mann schloß sich an seinem 40. Geburtstag mit einer Nummer des Playboy in sein Schlafzimmer ein und führte ein obszönes Telefongespräch.
Ich klopfte an seine Tür und bettelte: »Komm doch raus und zeig uns deine Geschenke. Ich möcht so gern sehen, was die Kinder für dich gefunden haben.«
Die Tür öffnete sich einen Spalt, und er sagte: »Komm rein.«
»Ich weiß, sie haben dir eine Haarcreme geschenkt«, sagte ich, »aber welche? SCHWÜLE TAGE? ERBARMEN MIT DEN FRAUEN? SCHAMLOSES ZWISCHENSPIEL?«
»Nein, nein«, sagte er mit energischem Kopfschütteln.
»Welche denn dann? FLÜSTERNDE VERSUCHUNG? LODERNDES BEGEHREN?«
»Wir wollen es mal so ausdrücken: Es ist passend«, sagte er, sich nervös räuspernd.
»Doch nicht einer von den Düften, mit denen man sich beim Besteigen und Verlassen von Autobussen einen Weg durch die Menge bahnt oder bei dem die eigene Mutter tot umfällt?«
»Ich weiß schon, was ich benutze«, sagte er leicht indigniert. Als er die leeren Schachteln, das Seidenpapier und die Bänder zusammenraffte, fiel ein Töpfchen Haarcreme zu Boden. Ich hob es auf und las: »RESIGNATION. Die gute Haar-Creme.« Und als Kleingedrucktes darunter: »Für den Mann, der alles hat außer Haar. Kein sexy Aroma. Keine verlockende Weichheit,

um schmeichelnd mit schönen Händen hindurchzufahren. Keine Spätzündung bei den Mädchen am Strand. RESIGNATION hilft nur gegen eines: Die Kopfhaut wird nicht rauh.«

»Ich glaube, etwas anderes hätten die Kinder ohne Rezept nicht gekriegt«, verteidigte ich sie.

»Ja, ja, sicher«, erwiderte er leise.

Monatelang ließ mein Mann die Nase hängen. Doch dann kam die Fußballsaison und George Blanda. Für alle, die es nicht wissen können: George Blanda ist der älteste Abwehrspieler der Welt. Er ist 44. In einem Alter, in dem er mit einer Thermosflasche voll heißer Hühnersuppe auf der Tribüne sitzen sollte, treibt er die Oakland Raiders zu unglaublichsten Siegen an.

Ich kann Ihnen gar nicht schildern, was George Blanda für meinen Mann bedeutete.

Als George die 48 Yards gegen Kansas City kickte und damit den Ausgleich herbeiführte, warf mein Mann das Plaid von sich (er saß im Wohnzimmer am Kamin) und rief: »Ich glaube, morgen jogge ich mal bis zur Mülltonne und zurück.«

Als George die 52 Yards kickte und damit den Sieg über Cleveland herbeiführte, kickte mein Mann seine Pillenschachtel mit Geriatrikum 2 Yards hoch in die Luft. Als George Blanda mit einem Kopfball den Gegner in die Knie zwang, humpelte mein Mann durchs Wohnzimmer und verkündete lauthals: Ich spende meine Stützstrümpfe dem Roten Kreuz.«

George Blanda wirkte wie ein Tonikum, bis – ja bis die neuen Nachbarn nebenan einzogen. Damit fing alles wieder von vorne an.

»Wie sind sie denn?« fragte ich, als mein Mann von einer unauffälligen Inspektion zurückkam.
»Jung«, knurrte er.
»Wie jung?«
»Er kann noch den Wagen aus der Garage fahren.«
»Und seine Frau?«
»Die poliert gerade den Gartenschlauch.«
»Worüber habt ihr euch unterhalten?«
»Oh, Gott, frag mich nicht! Ich hab' den Fehler gemacht und ihm erzählt, daß ich beim Militär war. Da hat er gesagt, sein Großvater sei im zweiten Weltkrieg gewesen, und auch in der Schule hätten sie viel darüber gehört. Ich sage dir, es ist nicht zu fassen. Er hatte noch nie von Senator McCarthy gehört, nie von Glenn Miller, er wußte nicht, wie man Twist tanzt und wie ein Packard aussieht.«
»Es wird nicht leicht werden. Haben sie Kinder?«
»Nein, er hat gesagt, seine Frau und er wollten keine, weil sie sich Sorgen wegen der Übervölkerung machten und wegen – wie heißt das doch noch – –«
»Mangel an Lehrstellen?«
»Nein . . . Ökologie.«
»Spielen sie Bridge?«
»Nein. Er hat gesagt, in dieser kaputten Zeit, in der man seine ganze Aufmerksamkeit anderem zuwenden müsse, sei das frivol. Ich will dich ja nicht erschrekken, aber sie ist eine Emanze und gedenkt die Avon-Kosmetik-Vertreterinnen zu bestreiken.«
»Und womit amüsieren sie sich?«
»Ich glaube, die sitzen nur und schauen zu, wie ihr Haar wächst.«

»Jetzt bist du aber lieblos. Auch wir waren einmal jung.«

»Ich war schon bei der Geburt älter als die jetzt«, knurrte er.

»Ich kann mich aber noch gut erinnern, wie es war, als meine Großmutter dich zum ersten Mal sah«, entgegnete ich. »Als du aus dem Zimmer warst, sagte sie zu mir: Ein ulkiger Kerl, aber wenn ihm erst Haare wachsen, wird er ganz ordentlich aussehen.«

»Ich trug sie ganz kurz geschoren, wie es damals Mode war!« rief er aus.

»Ja, ich weiß. Und wir wußten damals nichts von Lassiter, dem Völkerbund und wie man Cakewalk tanzt.«

»Wahrscheinlich hast du recht«, seufzte er. »Aber wenn erst jemand ins Nachbarhaus zieht, der nie von Björn Borg gehört hat . . .«

»Dann hat es sich aus-genachbarschaftet«, sagte ich traurig.

Abbau, wohin man blickt . . .

An meinem 40. Geburtstag tat sich die Familie zusammen und kaufte mir einen Tennisschläger. Ich möchte ja nicht undankbar erscheinen, aber das ist doch, als kaufte man dem Papst ein Paar Ballettschuhe!

»Wann weihst du ihn ein?« drängten die Kinder zu wiederholten Malen.

»Wenn es schneit, hole ich mir noch einen Schläger für den anderen Fuß«, sagte ich.

Um die Wahrheit zu sagen: Ich habe mir nie etwas aus

Sportarten gemacht, für die man vom Tisch aufstehen muß. (Außerdem ermüde ich ungewöhnlich rasch. Es kommt vor, daß ich schon total erschossen bin, wenn ich nur einen Abend lang Rabattmarken eingeklebt habe.)
Aber das waren keine wirklichen Hindernisse verglichen mit den Vorurteilen, denen ich begegnete, als ich mit meinem nagelneuen Schläger, aber alten Körper auf dem Tennisplatz auftauchte.
Beweisen kann ich es nicht, aber ich habe das Gefühl, daß ladenneue Tennisschläger einen Geruch ausströmen, der von erfahrenen Tennisspielern auf 50 Meilen im Umkreis wahrgenommen wird. Kaum erscheint man, rennen alle Männer in weißen Shorts zu ihren Wagen, Frauen wittern in den Wind, murmeln etwas von anbrennendem Essen, und selbst barfuß spielende Kinder weichen vor einem zurück und äußern: »Ich glaub', meine Mami ruft.« Ein junger Mann hatte sich nicht rasch genug über die Einfriedungsgitter retten können, und den fragte ich: »Wollen Sie ein Set mit mir spielen?«
»Haben Sie überhaupt schon mal gespielt?«
»Nein«, kicherte ich. »Woran haben Sie es gemerkt?«
»An Ihrem Schweißband. Das trägt man nicht in den Achselhöhlen . . .«
»Aber gerade dort . . .«
». . . sondern ums Handgelenk. Hören Sie, ich muß leider weg. Vielleicht ein andermal.«
Am nächsten Abend ging ich wieder hin, und diesmal erwischte ich eine Zwanzigjährige, weil sie ge-

stolpert und hingefallen war, während die übrigen Spieler von den Plätzen zu ihren Wagen rannten.
»Was mache ich verkehrt?« fragte ich.
»Erstens bringt es Ihnen keinen Punkt, wenn Sie den Ball über die Umzäunung schlagen. Das gilt nur beim Baseball. Zweitens bringt es Ihnen keinen Punkt, wenn Sie den Trinkwasserspender treffen. Und nehmen Sie künftig den Spanner vom Schläger, wenn Sie spielen.«
In den folgenden Wochen arbeitete ich wie eine Besessene, um das Stigma des nagelneuen Schlägers abzuschütteln, und spielte mit jedem, den ich erwischen konnte. Neulich schlenderte ich auf den Tennisplatz und traf dort eine erschöpft aussehende Hausfrau in Turnschuhen und Trainingsanzug.
»Haben Sie überhaupt schon mal Tennis gespielt?« fragte ich sie. Sie schüttelte den Kopf. »Woran haben Sie das gemerkt?«
»Man trägt das Schweißband nicht um den Fußknöchel, meine Liebe. Ach, ich muß weg. Ich höre den Wecker in meinem Backrohr läuten . . .«
Doch um ganz ehrlich zu sein, es ist nicht nur meine körperliche Kondition, die mir in den sogenannten Übergangsjahren so zu schaffen macht.
Ein kalifornischer Wissenschaftler hat ausgerechnet, daß der Erwachsene nach dem 35. Lebensjahr täglich 100000 Hirnzellen verliert, was seine Denk-und Merkfähigkeit beeinträchtigt. Meine Kinder würden jetzt behaupten, der Verlust sei bedeutend höher. Ich habe, seit ich 35 war, keinen einzigen originellen Gedanken mehr gehabt, nichts Bemerkenswertes

mehr vollbracht, und während andere Riesenschritte zum Wohl der Menschheit taten, habe ich nur Riesenschritte zur Mülltonne getan.
Um zu beweisen, daß das kein müßiges Gerede ist, habe ich mir die Mühe gemacht und eine volle Woche lang Tagebuch geführt, eine Woche, während der ich nach den neuesten wissenschaftlichen Erkenntnissen 700000 Hirnzellen verloren habe.

Montag: Der Zwölfjährige schrieb einen englischen Hausaufsatz und fragte mich, wer der Earl of Sandwich war. Als ich meinte, es sei wohl der, der als erster sein Lunch als belegtes Brot in seine Burg trug, schüttelte der Zwölfjährige den Kopf und sagte: »Ich ruf' nachher einen von meinen Kumpeln an.«

Dienstag: Heute erreichte meine Inkompetenz einen Höhepunkt, ich streute in Gedanken Milchpulver in den Einfüllstutzen der Geschirrspülmaschine. Meine Tochter schlug vor, mir eine Gesellschafterin zu nehmen, die tagsüber bei mir sitzt, bis der Papi sie abends ablöst.

Mittwoch: Hörte ein verdächtiges Rasseln im Wagen. Fuhr ihn zur Reparaturwerkstatt, wo festgestellt wurde, daß eine Dose Entfroster-Spray neben meinem Ersatzreifen herumrollte. Man läßt mich nur noch in Begleitung eines Teenagers ans Steuer.

Donnerstag: Wurde konsultiert, das Geschlecht unseres Goldhamster zu bestimmen, was ich ohne Zögern tat, der Meinung, jede Paarung sei ja sowieso ausgeschlossen. Der männliche Hamster trägt jetzt Umstandskittel.

Freitag: Habe schon wieder versäumt, die Hühnereingeweide aus der Tiefkühltruhe zur Abfalltonne zu tragen. Damit belaufen sich die Hühnerdärme in der Tiefkühltruhe jetzt auf ein Gesamtgewicht von 300 Pfund.

Sonnabend: Ich merke selbst, wie stark ich geistig nachlasse. Die Kinder sprachen vom Vatikan und der Kurie, und ich sagte, es freue mich, daß dieses Ehepaar, das doch das Radio erfunden hat, endlich gebührend geehrt wird.

Sonntag: Die Familie erwischte mich dabei, daß ich über Tom Jones' Lied »I have who have nothing . . .« in hysterisches Gelächter verfiel. Die Familie sah dabei nichts Komisches und beschloß, ich müsse in ein kirchlich geleitetes Erholungslager.

Der Wissenschaftler in Kalifornien ist wirklich einer gewaltigen Sache auf der Spur. Er weiß bereits, daß das Nachlassen der geistigen Kapazität durch Alter, verminderten Kreislauf und anderes ausgelöst wird. Was er noch nicht weiß: warum gerade der 35. Geburtstag die magische Wendemarke ist für die Vertrottelung?

Selbst ich, auf dem Tiefpunkt der Senilität, habe das klar erkannt.
Mit 35 führen die meisten Eltern ihre Teenager zum ersten Mal öffentlich aus. Und von da geht's bergab, Herr Professor.
Und was mein Gedächtnis angeht, darüber erklärte ich neulich meinem Mann, dem Sowieso Bombeck: »Es muß etwas für meine Merkfähigkeit geschehen.«
»Warum?« fragte er.
»Warum was?«
»Warum muß für dein Gedächtnis etwas geschehen?«
»Stell dir vor, neuerdings vergesse ich andauernd irgendwelche Kleinigkeiten. Beispielsweise habe ich deine Versicherungspolice verfallen lassen. Und Weihnachten, ja, das war mir auch total entfallen. Und was mir letzte Woche auf dem Flugplatz passiert ist, war direkt eine Schande.«
»Was war direkt eine Schande?« fragte er und ließ die Zeitung sinken.
»Ich sage eben deiner Schwester auf Wiedersehen, da sehe ich doch diesen Mann, der mir zulächelt, und er kommt mir bekannt vor, und ich weiß, den kenn' ich, aber ich weiß mal wieder den Namen nicht. Um nur ja nichts zu versäumen, stürze ich auf ihn zu, nehme seine Hand, schüttele sie lange und sagte: »Wie wunderbar, daß Sie wieder da sind. Wir haben Sie alle vermißt. Sowie Sie ausgepackt haben, rufen Sie uns an, dann essen wir zusammen.«
»Was ist daran verkehrt?«

»Auf der Heimfahrt im Wagen fiel mir ein, wer es war: Mr. Whitlock, der Mann, der jährlich einmal unsere Sickergrube ausleert.«

»Aber das kann doch jedem mal passieren«, meinte er mitfühlend.

»Kann sein. Aber seit ich vorige Woche den Gedächtnis-Quiz in der Zeitung gemacht habe, bin ich doch einigermaßen besorgt.«

»Was für einen Quiz?«

»Es tut einem wohl, wenn auch andere ein schlechtes Gedächtnis haben. Weißt du es nicht mehr: der Artikel, den ich mir ausgeschnitten habe, ehe du die Zeitung gelesen hattest? Hier ist er.

1. Wenn Sie nicht mehr wissen, wo in der Stadt Sie Ihren Wagen geparkt haben,

a) erinnern Sie sich noch an Marke, Serie und Kennzeichen *oder*

b) nehmen Sie den Autobus, fahren heim und tun als sei nichts passiert?

2. Wenden Sie bei einem Klassentreffen die sogenannte Assoziationsmethode an, um sich einen Namen zurückzurufen also

a) er ist haarig und schwarz, heißt also Harry Schwarz *oder*

b) versuchen Sie die Namensschildchen verkehrt herum zu lesen und sagen: »Mot Rellim, wie nett, dich wiederzusehen!«

3. Haben Sie

a) einen festen Platz für Stopfkorb, Schreibtischzubehör, Putzmittel, Kochtöpfe *oder*

b) genügt es Ihnen, Ihre Kleidersäume mit Leukoplast

zu befestigen und telefonische Durchsagen mit dem Manikürstäbchen auf Butterbrotpapier zu notieren?

4. Merken Sie sich Ihren Einkaufswagen im Supermarkt, daran,

a) was Sie eingekauft und hineingelegt haben *oder*

b) indem Sie Ihren Zwölfjährigen in Embryostellung obendraufsetzen,

5. Wissen Sie

a) jederzeit, Alter, Geschlecht, Namen und Schulklasse Ihrer Kinder *oder*

b) müssen Sie nachdenken und von dem Jahr an, in dem Ihnen die Katze zulief, vor- beziehungsweise rückwärts rechnen?

6. Behalten Sie

a) immer den Namen der Personen, mit denen Sie bekanntgemacht werden *oder*

b) wiederholen Sie verwirrt mehrmals: Abigail *Wie?*

7. Notieren Sie in Ihrem Scheckbuch, an wen und über welchen Betrag Sie einen Scheck ausgestellt haben

a) sofort beim Ausschreiben *oder*

b) sagen Sie sich, ›das mach' ich später in Ruhe‹?

»Weißt du, was ich glaube?« fragte ich und faltete den Zeitungsausschnitt zusammen. »Ich muß in meinem Hause mit vier durch und durch unordentlichen Menschen leben. Da ist es natürlich nicht leicht, alles an dem Platz zu halten, an den es gehört. Jeder zerrt in eine andere Richtung. Neulich zum Beispiel, da mache ich doch die Teedose auf und irgendein Spaßvogel hat tatsächlich Tee reingetan.«

»Wieso auch nicht?« fragte mein Mann.

»Und wo ist jetzt mein Reis?« rief ich. »Und a propos

Stiefel, was glaubst du, wie lange ich neulich morgens gebraucht habe, um die Stiefel der Kinder zu finden?«
»Keine Ahnung.«
»Drei Stunden. Nur weil irgend jemand Bescheuerter sie aus dem Limonade-Kühlschrank in der Garage rausgenommen und nicht wieder zurückgestellt hat. Wenn das alles nicht wäre, wäre ich bestimmt wie die Doris Duweißtschon.«
»Wer? Meinst du meine Schwester?«
»Ja. Die ist so fabelhaft organisiert, daß es mich ganz krank macht. Neulich war ich bei ihr: Direkt neben dem Telefon hat sie Block und Bleistift. Kannst du dir so was vorstellen? Und wenn sie eine Nadel braucht, jagt sie die Kinder nicht barfuß über die Teppiche, um sie aufzuspüren, nein, sie hat sie in einem Schächtelchen, zusammen mit dem Nähfaden. (Die Nadeln, nicht die Kinder). Und jetzt kommt das Tollste: Sie hat die Wagenschlüssel auf einem Häkchen in der Waschküche hängen, um immer zu wissen, wo sie sind. Na ja, was kann man schon anders erwarten von einer Frau, die ihre Schecks laufend durchnumeriert.«
»Ja, hast du denn deine Wagenschlüssel nicht auch dort?« fragte er.
»Mach keine Witze! Wenn ich die Wagenschlüssel nicht suchen müßte, wüßte ich doch nie, wo irgendwas ist. Neulich suchte ich sie im Kofferaum, wo ich sie häufig liegenlasse, und da fand ich die Staubsaugertüten. Und als ich zum Besenschrank ging, um die Staubsaugertüten hineinzulegen, fand ich meinen Regenhut, den ich seit zwei Jahren vermisse. Und dann ging ich an den Mantelschrank, um den Regenhut

hineinzutun, und dabei fand ich mein Scheckbuch, das schon so lang weg ist. Ich legte das Scheckbuch ins Herausziehfach unter den Backofen, wo es hingehört, und rate mal, was ich dort entdeckte? Die Schere, die ich seit einer Woche suche. Und wie ich die Schere im Bücherschrank einschließen will, wo ich sie vor den Kindern verstecke, finde ich dort den Zettel, wann ich zum Zahnarzt muß – ich hatte ihn als Buchzeichen benutzt. Sonst hebe ich Zettel von der Sprechstundenhilfe immer im Schmuckkasten auf, und wie ich ihn hineinlege, siehe da, finde ich den Schlüssel zur Tiefkühltruhe.«

»Und wo sind jetzt die Autoschlüssel?« wollte mein Mann wissen.

»Na, wenn du *deine* auch nicht findest,« seufzte ich, »steht es mit mir vielleicht auch noch nicht so schlimm, wie ich dachte.«

Minuten später klingelte das Telefon. Als ich den Hörer wieder auflegte, sagte ich: »Du ahnst nicht, wer am Sonnabend zum Essen kommt: Wilma und Leroy Whitlock. Kannst du mir sagen, wer, zum Kuckuck, das ist?«

8.
Verschreiben Sie mir ein Sofa!

Wenn sich ›Women's Lib‹ für gleiche Rechte bei Schnupfen einsetzt, trete ich bei.
Es hat mir nie etwas ausgemacht, beim Tanzen rückwärts zu gehen, auch nicht, daß die Knöpfe an meiner Bluse an der falschen Seite sitzen. Aber ich möchte einmal erleben, daß ein weiblicher Schnupfen ebenso respektvoll behandelt wird wie ein männlicher.
Als vor einigen Wochen mein Mann herumschniefte, liegte er sich ins Bett, zog drei ärztliche Kapazitäten zu Rate, bestand darauf, daß die Kinder in einen anderen Bundesstaat verschickt wurden, und installierte einen stummen Diener (mich) in seinem Schlafzimmer.
Vor zwei Tagen wachte ich unter Schmerzen auf. Ich hatte aufgesprungene Lippen. Meine Kehle war trokken. In meinem Kopf hämmerte es. Übel war mir auch. Jeder Knochen tat mir einzeln weh.
»Ich fühle mich nicht gut«, sagte ich zu meinen Mann. »Ich will es ja nicht dramatisieren, aber ich fürchte, ich muß sterben.«
»Soll das heißen, daß du nicht aufstehst?« fragte er ungeduldig und sah auf die Uhr.
»Du verstehst mich nicht«, sagte ich. »Jeder Atemzug

ist eine Qual. Der Kopf schmerzt. Meine Augen fühlen sich an wie runde Rasierklingen. Es kann sich nur noch um Minuten handeln, dann stehe ich vor Petrus.«

»So ist mir auch immer, wenn ich morgens zu lange geschlafen habe«, sagte er.

»Aber es ist doch erst halb sieben«, krächzte ich heiser.

»Iß ein bißchen Speck, ein paar gehackte Koteletts mit Ketchup drüber – he, wo willst du denn hin?«

Ihr Schwestern, ihr habt es gehört. Was nur könnte man tun?

Ich schlage die Einführung eines Gesetzes vor, demzufolge weibliche Schnupfen in allen fünfzig Bundesstaaten geschützt sind. Es sollte heißen: das Bombeck-Schnupfengleichheitsgesetz.

Darin müßte verankert sein, daß einer Frau mehr als 15 Minuten zugestanden werden, um seinen sogenannten 24-Stunden-Virus zu überwinden.

Unter diesem Bombeck-Schnupfengleichheitsgesetz wäre sie berechtigt, im Bett zu bleiben, wäre dispensiert von Schulkindertransporten, Küchendienst, Wäschewaschen, Kegeln und Krankenbesuchen.

Jeder Ehemann, der den Schnupfen seiner Frau verharmlost und Scherze macht wie: »Vielleicht hast du gestern zu viel gegessen« oder: »Wenn er bis zum Frühjahr nicht weg ist, solltest du einen Arzt aufsuchen« oder: »Steh sofort auf, du ängstigst die Kinder«, müßte Strafe zahlen. Der Ehemann, der einer Sterbenden von Speck und Ketchup spricht, bekäme fünfzig Jahre Haft ohne Gerichtsverfahren.

Ferner sähe ich die Frauen gern gegen ihre wohlmeinende Familie geschützt, wenn sie flachliegt, etwa in einer Klinik. Es gibt nichts Schlimmeres auf der Welt, als hilflos dazuliegen und erleben zu müssen, wie die Familie es auch ohne sie schafft.

Da sagt etwa die Oma: »Ich habe dein Haus noch nie so fleckenlos sauber gesehen. Die Kinder machen ihre Sache fabelhaft. Wenn du wieder zu Hause bist, solltest du dich wirklich nach einer Hilfe umsehen.« (Es bedeutet genau das, was Sie schon erraten haben!)

Oder der Ehemann sagt: »Du brauchst dir überhaupt keine Sorgen zu machen. Deine Tochter ist eine phantastische Köchin. Ich weiß gar nicht, von wem sie das hat. Gestern abend gab es Steaks, Kartoffeln und grüne Bohnen. Und heute abend will sie mich mit etwas überraschen.«

Oder die Tochter piepst: »Der Haushalt macht mir irren Spaß. Ich hab' heute in einer Stunde die ganze Wäsche gewaschen. Und ich sorge schon dafür, daß die Jungen ihr Zimmer selber aufräumen. Die braucht man nämlich nur ins Kreuz zu treten.«

Oder der Sohn berichtet lächelnd: »War das vielleicht heute eine Wucht. Ich hab' die ganze Bande zu uns eingeladen. Wir brauchten ja nicht leise zu sein, wie sonst, wenn du daheim bist und schreibst. Es war einfach eine Wolke, kann ich dir sagen. Wir haben Papi geholfen, die Küchenschränke aufzuräumen.«

Doch gerade, wenn man meint, man sei durch ein Tonband zu ersetzen, flüsterte der Jüngste einem zu: »Du, Mami, der Hund hat im Schlafzimmer auf den Teppich gemacht, der Hamster ist eingegangen, wir

haben rote Beete über den Eisschrank geschüttet, uns den ganzen Montag gestritten und die grünen Bohnen waren so zäh, daß wir sie an die Mehlwürmer verfüttert haben.«
Wissen Sie was? Zu diesem Kind werde ich ziehen, wenn ich alt bin.

Spezialisten und Helfer

Das klang ja eben, als verließe ich mich felsenfest darauf, überhaupt alt zu werden. So war es nicht gemeint. Bei dem Ärtzemangel jetzt bekommt man sowieso fast nie einen Termin, besonders dann nicht, wenn man erst kürzlich zugezogen ist.
»Hallo«, sagte ich am Telefon. »Ich bin gerade erst hierhergezogen und wollte nur fragen, ob der Herr Doktor vielleicht ...«
»Tut mir leid«, unterbrach mich die Sprechstundenhilfe, »aber der Herr Doktor nimmt keine neuen Patienten mehr an.«
»Na, so neu bin ich auch wieder nicht«, kicherte ich, »ich bin immerhin 44. Bei mir hat man schon Schwierigkeiten mit der Ersatzteilbeschaffung.«
»Sie haben mich mißverstanden«, sagte sie in freudlosem Ton. »Der Herr Doktor nimmt überhaupt keine Patienten mehr an.«
Ich rief die Gesundheitsbehörde an, und die gab mir eine Anzahl Namen durch. Als ich sie der Reihe nach anklingelte, stellte ich fest, daß Dr. Frisby am Wochenende nicht praktizierte und auch nicht am vorausgehenden Freitag. Dr. Kalteisen stand nicht im

Telefonbuch, er hatte wohl eine Geheimnummer. Dr. Shuxley konnte mir erst für 2 Tage nach Pfingsten einen Termin geben, es sei denn, ich hätte unerträgliche Schmerzen, dann würde er mich ausnahmsweise vor dem 10. April drannehmen. Dr. Daux laborierte selbst an einer Erkältung, die er anscheinend 6 Wochen lang nicht loszuwerden gedachte.

Die Telefoniererei reizte meinen Kampfgeist. Mein Wunsch, einen Arzt zu erreichen, wurde zur Besessenheit – oder auch zu einer Art Sport, wenn Sie so wollen.

»Hallo«, sagte ich mit tiefer, kehliger Stimme zu einem Arzt, »hier spricht Greta Garbo. Ich habe einen Katarrh der Luftwege . . .« (Klick, wurde eingehängt.)

»Guten Tag. Ich fühle mich so schlecht, und da dachte ich, Sie könnten mich vielleicht drannehmen, wenn ich Ihnen einen Hausbesuch mache.« (Klick!)

»Hallo. Ich bin eine reiche alte Frau und möchte mein Vermögen jemandem hinterlassen, dem ich zu Dank verpflichtet bin . . .« (Klick.)

»Herr Doktor, guten Tag. Tragen Sie im Moment Ihr Stethoskop um den Hals? Fein. Sie sind hiermit, wie Sie gehen und stehen, zu einer Party eingeladen.« (Klick.)

Ärzte arbeiten 60 Stunden die Woche. Daß sie jeden Mittwoch Golf spielen, ist eine Legende. Sie gehen unter in Papierkram – und hypochondrischen Patienten. Nur wenige wollen, daß ihre Söhne einmal ihren Beruf ergreifen.

Und doch bleibt es Tatsache, daß ich nur durch eine Lüge einen Arzt dazu brachte, mich zu untersuchen.

Ich erzählte ihm, mir ginge es ausgezeichnet, aber ich brauchte eine Kontrolluntersuchung fürs Sportlager.
Als ich mich mit einem Arzt über den Ärztemangel unterhielt, sagte er, dem Mangel sei möglicherweise dadurch abzuhelfen, daß man Medizinstudenten auf die Allgemeinheit losließe. Der wirkliche Engpaß aber entstehe dadurch, daß zu viele Ärzte sich spezialisierten, dadurch verringere sich die Zahl der praktischen Ärzte. Dies fand ich bestätigt, als ich vorige Woche mit einer Erklältung zu Dr. Wiesel kam.
»Sommer- oder Wintererkältung?« wollte er wissen.
»Sommererkältung!«
»Dann müssen Sie zu meinem Kollegen Dr. Stamp gehen. Dritter Stock.«
Dr. Stamps Sprechstundenhilfe holte ein Formular heraus und fragte: »Wo genau sitzt Ihre Sommererkältung? Nase, Kopf oder Brustraum?«
»Hauptsächlich in der Nase. Ich kann nicht atmen.«
»Dafür ist Dr. Alvenaz zuständig, achter Stock.«
»In welchem Nasenloch?« fragte die Sprechstundenhilfe von Dr. Alvenaz.
»Hauptsächlich im linken.«
»Schade«, sagte sie. »Dr. Flack ist verreist. Aber sein Vertreter, Dr. Riggs, ist ein erfahrener Rechtsnasenloch-Spezialist. Fünfter Stock.«
Dr. Riggs sah sich mein linken Nasenloch an und sagte:
»Müssen Sie viel niesen?«
»O ja«, sagte ich.
»Das dachte ich mir. Wir haben in diesem Gebäude einen guten Nies-Spezialisten. Er hat sich eben mit

einem Fieberblasen-Spezialisten zusammengetan und praktiziert im Parterre, gleich hinter der Eingangshalle. Der wird Ihnen bestimmt helfen können.«

Dr. Hack zeigte anfangs keine große Bereitwilligkeit, sich in Dr. Flacks linkes Nasenloch einzumischen, sagte dann aber, er könne mir eine Packung Papiertaschentücher, Aspirin und Bettruhe verschreiben.

»Welche Art Bett?« fragte ich. »Doppelbett, Ausziehbett, Einzelbett, französisches Bett, Etagenbett oder Couch?«

Er rückte nervös an seiner Brille. »Das ist nicht so wichtig.«

»Und die Matratze«, fuhr ich fort. »Fest, hart, halbhart, daunenweich oder orthopädisch.«

»Ich glaube, das . . .«

»Und die Bettwäsche? Baumwolle? Perkal? Satin? Spannbettuch? Geblümt, gemustert, pastell oder weiß? Wenn ich schon einmal hier bin, sollten wir auch von den Kissen reden: Daunen, Federn von Gänsen, Schwänen, verendeten Hühnern oder sonst was?«

»Wirklich, gnädige Frau«, sagte er, »ich bin nur Niesarzt. Bringen Sie mich nicht in Verlegenheit.«

Wie ausfallend darf man denn werden zu einem Arzt, dessen Hörrohr noch aus dem Lego-Baukasten stammt?

Doch ach, die Erlebnisse in Sprechzimmern sind nur kleine Fische, verglichen mit den echten Dramen, denen man im Krankenhaus ausgesetzt ist.

Nach einem Klinikaufenthalt entwickelt sich bei mir

ein Bohren, ein wüstes Kribbeln, das mir den Rücken hinauf- und wieder hinunterrutscht.
Ich könnte mir vorstellen, daß es nur noch eine Frage der Zeit ist, bis Krankenhäuser so geführt werden wie Zoos: alle Besucher werden eingesperrt, Patienten, d. h. wilde Tiere, laufen frei herum.
Dabei gehe ich von der Erfahrung aus, die ich kürzlich in einem Krankenhaus machte: Es waren mehr Leute in meinem Zimmer als Touristen während der Osterwoche in Rom.
Nur der Ordnung halber notierte ich mir diejenigen, die mich versorgten. Es waren dies:
Ein noch nicht flügger Pfleger, der immer wieder eine Spritze in eine Orange stieß und vor sich hin murmelte: »Ich glaube, jetzt hab' ich's bald raus!«
Eine weitsichtige Schwesternschülerin in rosa-weiß gestreifter Tracht, die zwei Rosenknopsen in ein Reagenzglas stellte.
Ein Geistlicher, der mich besuchte, um mit mir zu beten.
Ein Diätspezialist, der sich mit mir auf ein tiefschürfendes Gespräch darüber einließ, warum ich meine Tomaten nicht gegessen hatte.
Drei Nachbarn, die hitzig darüber diskutierten, wer juristisch dafür zu belangen sei, wenn ich aus dem Bett fiele und tot sei.
Ein junger Praktikant, der sich verlaufen hatte. Und eine Masse verschiedenartiger Spezialisten auf jeweils ihrem Gebiet: Fensterbrettabwischer, Untermbettkehrer, Leintuchglattzieher, Postablieferer, Kissenaufschüttler, Kopfendehochleierer, Wasserträger, Zei-

tungsjungen, Milch-und-Keks-Zuträger und Puls- und Temperaturkontrolleure.

Eine solche Atmosphäre verzögert nicht nur die Heilung des Patienten, sie bewirkt bei ihm sogar eine tiefgehende Persönlichkeitsumwandlung. Ich habe scheue, introvertierte Frauen gesehen, die bei ihrer Einlieferung zu verlegen waren, um das Wort ›schwanger‹ auszusprechen (obwohl es auf sie zutraf) und die nach zwei Wochen die Korridore entlangsausten wie die Waldnymphen, nur mit einem Identitätsarmband und einer Serviette bekleidet. (Sogar ich habe mich einmal hinreißen lassen, gewisse Regelwidrigkeiten mit einem Fernsehreparateur zu besprechen, den ich nie vorher gesehen hatte.)

Die Vorstellung, Hilfskräfte und Besucher einzusperren und die Patienten das Krankenhaus selber führen zu lassen, reizt meine Phantasie. Ich bin ganz begeistert bei dem Gedanken, vor einem vergitterten Käfig zu stehen, in welchem beispielsweise die Nachtschwester Mrs. Needles steckt. Ich würde warten, bis sie ruhig und gleichmäßig atmet. Dann würde ich energisch am Gitter rütteln. Wenn das sie nicht weckt, würde ich ihr mit der Taschenlampe ins Gesicht leuchten, den Arm zwischen den Gitterstäben durchschieben, sie an der Kehle packen und ihr ins Ohr brüllen: »Mrs. Needles! Mrs. Needles – brauchen Sie vielleicht heute nacht etwas zum Schlafen?« In meinen Wunschträumen sehe ich auch eine ganze Volière, in die Besucher eingesperrt werden. Ich kenne eine Menge

sonderbarster Vögel, denen ich bei der Gelegenheit gern einen Gegenbesuch abstatten würde.
Da gibt es beispielsweise den *Katastrophensänger.*

Ein weiblicher Vogel, sitzt gern an Krankenbetten und singt dir vor, daß deine Kinder – während du hilflos daliegst, von der Wohlfahrt genauer unter die Lupe genommen werden, daß der Hund weggelaufen, vermutlich schon überfahren ist, daß sie deinen Wagen, seit er neulich vors Haus geschleppt wurde, nicht mehr gesehen hat und daß dein Mann sich mit einer Person tröstet, die blendend aussieht.

Die langatmige Drossel

Ein weiblicher Vogel, der es nicht schafft, in eigener Person im Krankenhaus aufzutauchen, deshalb anruft und am Telefon zwitschert, zwitschert, zwitschert. Man kriegt ihn einfach nicht mehr aus der Leitung. Er kommt von Hölzchen auf Stöckchen: »Erst neulich sage ich zu Frank, Frank, sage ich . . .«
»Dolores«, werfe ich ein, »ich habe die Wehen im Abstand von drei Minuten, ich muß jetzt einhängen.«
»Noch einen kleinen Moment«, sagt sie, »hab' ich dir schon erzählt, was Leroy aus dem Ferienlager mitgebracht hat? Das zieht dir die Schuhe aus . . .«
»Dolores, eben ist der Arzt gekommen, er will . . .«
»Bleib mal einen Augenblick am Apparat«, sagte sie gereizt und hält die Muschel zu. Später kommt sie wieder und sagte: »Dieser Leroy macht mich noch

wahnsinnig, jetzt will er schon wieder Limo. Bestimmt kriegt er faule Zähne von all dem Zucker.«
»Kann ich dich zurückrufen, Dolores«, frage ich mit schwacher Stimme, »ich glaube, ich werde ohnmächtig . . .«
»Nein« befiehlt sie, »ich MUSS dir noch erzählen, wie es bei Bernices Garagenflohmarkt zugegangen ist.«

Die Pfusch-Amsel

Ich kann erwarten, diesen seltenen Vogel in einem sicheren Gewahrsam zu besichtigen. Sie ist das Stück Malheur, das nie etwas *richtig* macht.
Nie kommt sie mit leeren Händen zu einem ihrer vielen Krankenbesuch. Dem Zahnlosen bringt sie eine Tüte Bonbons, dem Diabetiker eine Dose Plätzchen, dem Gallenpatienten eine Pizza, dem Allergiker einen Rosenstrauß und der jungen Mutter ein Buch über Eishockey.

Die Medizin-Lerche

Woran auch immer man leidet, die Medizin-Lerche kennt jemanden, meist beim Theater, der das kurz vor einer Premiere gekriegt hat, und deswegen mußte das ganze Stück umgeschrieben werden, weil er nie wieder ins Ensemble zurückgekehrt ist. Ihre medizinischen Vorkenntnisse sind zwar gering, doch in den Krankenhausbetrieb ist sie regelrecht verliebt. Sie sitzt stundenlang am Bett, um Puls zu zählen oder Gebrauchsanweisungen auf Aspirinpackungen laut vorzulesen.

Der Trödel-Falk

Ein an Krankenbetten häufig vorkommender Vogel. Erscheint zur Zeit des ersten Frühstücks im Krankenhaus und findet nicht mehr nach Hause. Meist jemand, den man knapp zwei Wochen kennt. Hat man erst von ihm erfahren, daß man wie eine Leiche aussieht, darf man sich mit ihm über atembeklemmende Themen unterhalten, etwa, welche Farbe für das nächste Scheckbuch hübsch wäre, ob Tom Jones Plateauschuhe trägt, um größer auszusehen, und ob die Regierung den freien Verkauf von Feuerwerkskörpern unterbinden sollte.

Der flinke Stoßvogel

Eine Gattung, die in – gelinde gesagt – ungünstigen Augenblicken durch offene Türen auf einen herabstößt. Wenn man zum Beispiel auf dem Rücken liegt, ohne von einem Leintuch bedeckt zu sein, und eben versucht, das Nachthemd über die Hüften herunterzuziehen: bautz da geht die Tür auf, und herein stürzt der flinke Stoßvogel.

Wenn man gerade mit dem Puderdosenspiegel auf dem verlängerten Rücken nachkontrolliert, ob die letzte Spritze ein Loch auf der Haut zurückgelassen hat, entsteht plötzlich ein Luftzug: Der flinke Stoßvogel ist da.

Der Blaue Glücksvogel

Aus naheliegenden Gründen habe ich mir den Besuch bei meinem behandelnden Arzt als sonderbarem Vogel bis zuletzt aufgehoben, da es hierbei auf den genauen Zeitpunkt ankommt.
Meinen behandelnden Arzt würde ich genau dann aufsuchen, wenn er eben in seinem Vogelnäpfchen ein Bad nimmt, Seife und Waschlappen in der einen, mit der anderen Hand ein nasses Laken an sich drückend, um seine Blöße zu bedecken.
Dann würde ich über seinem Frühstückstablett flattern, mit entsetztem Blick auf seine Fieberkurve zeigen und atemlos hervorstoßen: »Und was ist *das*?«
Dann würde ich mich durch die Menschenmassen, die das Bett umdrängen, entfernen und ihm zum Abschied über die Schulter eine humorvolle Bemerkung zuwerfen, so was wie: »Sie brauchen vor allem Ruhe!«

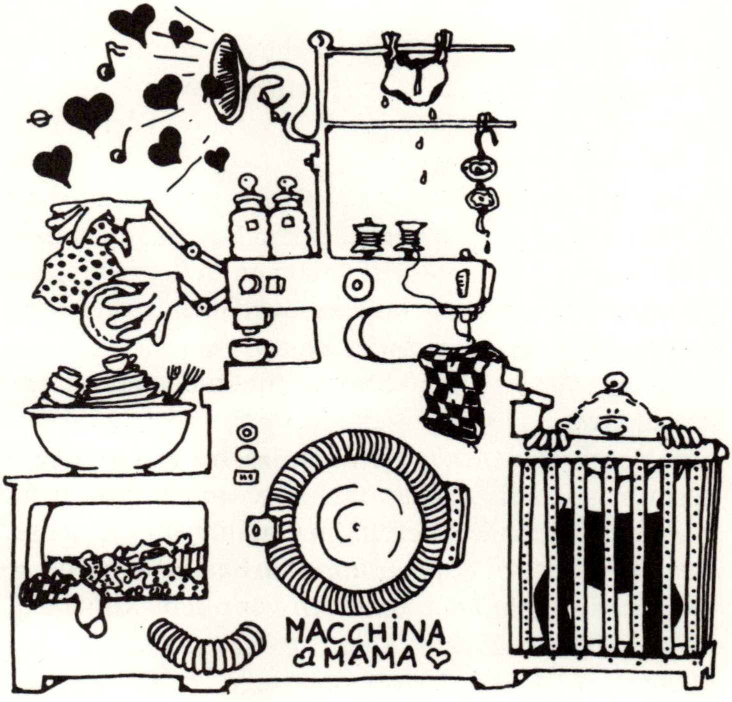

9.
Hausfrau und Roboter

Wenn ich heute zurückblicke, weiß ich, daß ich zu jung geheiratet habe. Aber wenn man 43 und unsterblich verliebt ist, hört man auf keine guten Ratschläge.
Der Übergang von der Schreibmaschine zum Kochherd ist niemals leicht. Ich frage mich: Wenn jemand in der New York Times eine Anzeige aufgäbe: *GESUCHT: Küchenkuli für grobe Arbeiten, 140 Wochenstunden, kein Alters- oder Ruhegeld, kein Krankenurlaub, kein eigenes Zimmer, nur Etagenbad, keine freien Sonntage, muß tierlieb, kinderlieb und ›hamburgerlieb‹ sein,* ob sich trotzdem 42 Millionen Frauen vorstellen kämen?
Jeden Tag fragt mein Löwe, wenn er in seine Höhle zurückkehrt, automatisch: »Und was hast du heute alles gemacht?«
Neulich war ich mal so wütend, daß ich ihm zurückgab: »Was meinst du wohl, was ich heute gemacht habe?«
Da ergriff er Bleistift und Zettel und fing an zu schreiben. Das Ergebnis trug die Überschrift:

Ermas Tageslauf

8 Uhr	Alle aus dem Haus treiben. Eine frische Kanne Kaffee aufbrühen. Ein bißchen davon übriglassen, um dem Ehemann nach dem Dinner eine Tasse davon aufzuwärmen.
8 Uhr 30	Des Ehemannes Socken so zu Paaren treiben, daß es nie zwei gleiche sind.
9 Uhr	Fusseln und Krümel unter sie verteilen. Es mag mühsam sein, sie erst zu sammeln, lohnt aber der Mühe für den Gesichtsausdruck, mit dem er sich abends zornig in den Schlips beißt.
10 Uhr	Im Schmuckkasten kramen. Alle größeren Manschettenknöpfe mit einem B darauf in die eigenen Blusen knöpfen.
10 Uhr 30	In alle Unterhosen und Hosen des Ehemannes Abnäher machen, damit er glaubt, er nähme zu.
11 Uhr	Seine Rasierklingen borgen, um damit den Saum aus den schweren Samtvorhängen im Wohnzimmer aufzutrennen. Dann Mittagsessen, gefolgt von einem Nickerchen.
15 Uhr	Den neuen weißen Tennispullover zu heiß waschen (zusammen mit einer roten Decke).
16 Uhr	Alle Kinder der Nachbarschaft einladen, in der Garage mit dem Werkzeug des Ehemannes zu spielen.

17 Uhr Eine Zwiebel ins heiße Bratrohr legen, damit der heimkehrende Ehemann glaubt, es gäbe jetzt bald etwas zu essen.

18 Uhr Dem Ehemann erzählen, was man für einen schweren Tag hinter sich hat.

»Na?« fragte er triumphierend, »habe ich was vergessen?«

»Ja«, sagte ich, »während du schläfst, laufe ich schnell in die Garage und schiebe den Fahrersitz näher ans Lenkrad, damit du Krämpfe in den Beinen kriegst.«

»Je mehr ich darüber nachdenke« äußerte mein Mann, »desto überzeugter bin ich, daß eines Tages die Automation die Frauen überflüssig machen wird.«

Mit dieser Zukunftsaussicht ging ich schlafen und träumte, mein Mann sei mit einer modernen Küche durchgegangen und lebe mit ihr in wilder Ehe.

»Ha, wer ist diese Person?« fragte ich und stürmte ohne anzuklopfen in sein Zimmer.

»Eine der besten«, sagte er. »Wenn ich heimkomme, empfängt mich Phyllis, der elektrische Cocktailmixer, mit einem Drink. Iris, das Bratrohr, hat warme Horsd'œuvres für mich gemacht. Evelyn, der elektrische Grill, hält ein Steak für mich bereit. Margaret, der Kaffeeautomat braut mir soeben frischen heißen Kaffee, Roberta, die Stereoanlage, spielt leise Musik; und wenn ich mit dem Essen fertig bin, schafft Bertha, der Müllzerkleinerer, alle Reste sauber und ordentlich weg.«

»Wie unfair«, schluchzte ich.

»O nein! Elsa, die Geschirrspülmaschine, reißt mir nie den Teller weg, ehe ich aufgegessen habe. Und Toni, der Kühlschrank, arbeitet Tag und Nacht, damit mir nur ja nie die Eiswürfel ausgehen.«

»Alles schön und gut«, sagte ich, »aber was ist mit deiner Wäsche?«

»Ich habe die Zwillinge Shirley und Selma noch nicht vorgestellt. Shirley wäscht meine Wäsche perfekt sauber. Niemals muß ich rosa Unterhosen anziehen oder mich in Taschentücher von verschossener Pfirsichfarbe schneuzen. Und Selma, Gott segne sie, trocknet und glättet und ist klug genug, ihre Flusensiebklappe geschlossen zu halten, wenn ich müde bin.«

»Was rasselt da?« fragte ich.

»Das ist Iris, sie erinnert mich daran, daß mein Apfel im Schlafrock fertig ist. Ist sie nicht ein Schatz?«

»Ein Schatz waren die Schriftrollen vom Toten Meer auch«, sagte ich trocken.

»Bis du eifersüchtig?« fragte er lächelnd.

»Wer? Ich? Lächerlich. Ich frage mich nur, wer dir an kalten Winterabenden die Füße wärmen und hinter dir aufräumen soll.«

»Kein Problem«, sagte er. »Das macht Caroline, meine Heizdecke und Jeanine, mein elektrischer Besen.«

»Und wer hört sich dein Gejammer an und lacht über deine Witze?«

»Dafür habe ich Sophie, das tragbare Bandgerät, und

Bunny, die Kassette mit dem leisen, warmherzigen Lachen. Im Ernst, meine Liebe, du verschwendest hier deine Zeit. Wozu brauche ich eine echte, lebendige Frau, wenn meine Mädchen es mit ihrer sagenhaften Tüchtigkeit ebenso schaffen?«

Sie verstehen, was ich meine: Keinen Moment wird man anerkannt von den Männern für all die Enttäuschungen, den Leerlauf, die Einsamkeit, die Entscheidungen, die jeder Tag einem abverlangt.
Zunächst einmal: So was wie die ›einfache tägliche Hausarbeit‹ gibt es gar nicht. Jede Pflicht trägt ihre erschwerenden Umstände bereits in sich.
Nehmen Sie zum Beispiel die Wäsche: (Ich wollte, Sie nähmen sie wirklich!)
Meine Waschmaschine steuert jetzt einen neuen Kurs. Jahrelang war sie nicht davon abzubringen, von je zwei Socken den einen zu fressen. Doch, doch. Erst wollte ich es auch nicht glauben, aber mit der Zeit gewöhnten meine Lieben sich daran. Sie trugen das eine Bein in Gips oder hielten den Hosenaufschlag mit einer Fahrradklammer zusammen oder lachten verlegen und meinten nur: »Du liebe Zeit, der eine Socken ist braun, der andere hellblau, das war schon immer so.«
Vor drei Wochen aber ging meine Waschmaschine in sich. Sie gebar ein Paar ganz kurze männliche Unterhöschen. Sie waren mir unbekannt, aber das hat nichts zu bedeuten. Ich bin in einigen Punkten etwas rückständig und finde manchmal noch Nabelbinden in der Einweichlauge, obwohl das Ba-

by schon dreizehn ist. Ich legte also das Höschen zunächst auf den Wäschestapel meines Dreizehnjährigen. Am nächsten Morgen kam er früher als sonst herunter und fragte: »Hat jemand einen Gürtel? Mein Slip fällt mir dauernd runter.«

»Mach dich nicht lächerlich«, sagte ich. »Zieh ihn aus und leg ihn deinem Bruder ins Fach.«

Am nächsten Morgen kam der Sechzehnjährige und fragte: »Hat jemand einen Gürtel?«

»Gib den Slip deinem Vater«, sagte ich kurz und bündig. Mein Mann aber sprach: »Das ist nicht meiner. Meine haben seit Jahren keine strammen Gummizüge mehr, und dieser hat einen.«

Ich dachte, der Slip müsse einem Freund meines Sohnes gehören, der kürzlich ein paar Wochen bei uns gewohnt hatte, also steckte ich ihn in einen Briefumschlag und schickte ihn nach Ohio. Binnen einer Woche hatte ich ihn wieder, mit einem Zettel daran: »Eignet sich fabelhaft als Leinwand fürs Heimkino, gehört aber sicher jemand, dem er fehlt. Uns jedenfalls nicht.«

Ich schickte den Slip meinem Vater, der ebenfalls ein paar Wochen bei uns zu Besuch gewesen war. Er rief per Ferngespräch an und wollte wissen, ob dies sein Geburtstagsgeschenk sei und ob ich es ihm bitte in eine passende Größe umtauschen könnte.

Die Unterhose wurde bei mir zur fixen Idee. Woher kam sie? Wo war sie voher gewesen? Gab es irgendwo auf der Welt eine abgehärmte Mutter, die in ihre Waschmaschine blickte und fragte: »Ist das alles?«

Ich erkundigte mich beim Milchmann, ob sie ihm bekannt vorkäme. (Seitdem steigt er nie mehr aus dem Lieferwagen und stellte nur rasch die Milchflasche ans Ende der Einfahrt.)

Durch das viele Weiterreichen wurde der Slip allmählich ein bißchen schmuddelig. Deshalb steckte ich ihn gestern wieder mit in die Waschmaschine. Nach dem Schleudergang tastete ich nach ihm – er war weg. Statt dessen fand ich ein verblichenes Frottiertuch mit kleinen schwarzen Fußspuren darauf, das mir nie gehört hat.

Ich werde tun, als hätte ich es nicht gesehen. Sonst bekomme ich wieder Kopfweh.

Ans Brett gefesselt

Das zweitliebste bei den Haushaltspflichten ist mir das Bügeln. (Das Liebste, wenn ich beim Bettenmachen so an die obere Kante stoße, daß ich ohnmächtig werde.) Kürzlich lautete eine Anzeige in einer Zeitung des Mittleren Westens: GESUCHT: Bügelhelferin(nen) für Hausfrau, die in allem zehn Jahre zurück ist. Mut und Humor unerläßlich. Anruf genügt.«

Ich glaube, mit der Frau würde ich in größter Harmonie Tür an Tür leben können. Ich bügle nur nach vorheriger Vereinbarung. Ich habe vor langer Zeit gelernt: Wenn ich meiner Tochter drei Kleider bügele und sie ihr in den Schrank hänge, zieht sie sich während des Abendessens dreimal um.

Neulich wollte mein Sohn seine Jeans für eine Schüleraufführung gebügelt haben. »Welches Bein ist dem Publikum zugekehrt?« fragte ich mit halberhobenem Bügeleisen.

»Junge, Junge«, sagte er, »eine Mrs. Breck bist du wirklich nicht.«

An Mrs. Breck hatte ich seit Jahren nicht mehr gedacht. Sie war eine Superhausfrau, die einmal neben uns gewohnt hatte. Sie hatte die dumme Gewohnheit, Dienstag immer ihr Bügelbrett aufzustellen und erst am Abend wieder wegzuräumen. (Was kann man schon von einem Frauenzimmer erwarten, das Gürtelschnallen bügelt?)

Eines Nachmittags machte ich ihr einen kurzen Besuch. Sie bügelte gerade die Laschen in den Tennisschuhen ihres Sohnes.

»Wissen Sie, was Sie sind, Mrs. Breck?« fragte ich sie. »Eine Haushaltssklavin.«

»Wieso?« grinste sie. »Ich bügle *gern.*«

»Wenn Sie weiter solche Reden führen, wird man Sie in ein Heim einweisen.«

»Was stört Sie denn am Bügeln?« fragte sie lächelnd.

»Kein Mensch bügelt«, sagte ich knapp. »Haben Sie schon mal die Heldin einer Fernsehserie bügeln sehen? Und dabei sind das normale amerikanische Durchschnittshausfrauen. Sieht man die je am Bügelbrett stehen? Nie! Sie begehen Morde, erpressen ihren Chef, lassen sich operieren, amüsieren sich. Wenn Sie nicht an dieses Bügelbrett gefesselt wären, könnten auch Sie allerlei Aufregendes erleben!«

»Was denn zum Beispiel?« lachte sie und bügelte ein Paar dicke Skisocken, die sie sauber zusammenfaltete. »Gerätetauchen lernen, unter der Trokkenhaube Vorträge über Wellensittichzucht hören, zu den Popsängern zweite Stimme singen, antiken Stacheldraht sammeln, Kettenbriefe starten, was weiß ich. Haben Sie denn keine Phantasie?«

Später las ich die Zeitungsanzeige noch einmal, wurde neugierig, wählte die angegebene Nummer und wartete. »Ja? Hallo?« tönte es, »hier spricht Mrs. Breck.«

Donnerwetter ist das schön: sich sagen können, daß man das Image eines anderen hat polieren helfen!

Die Unverstandenen

Daß Hausfrauen eine unverstandene Menschengattung sind, wurde neulich auf einer Cocktailparty wieder einmal recht deutlich. Ein Salonpsychologe analysierte Frauen, die bei jedem Großreinemachen die Möbel von der Wand rücken.

»Im Grunde«, dozierte er, »sind es Männerhasserinnen. Sie können den Gedanken nicht ertragen, der Mann könne sein Heim betreten und durchwandern, *ohne* sich an mindestens drei Stellen den Oberschenkel zu brechen. Möbelrücken ist weniger direkt als etwa einen Korb mit einer Kobra darin neben das Bett zu stellen.«

Gegen diese Theorie hatte ich Einwände. »Frauen, die ihre Möbel umstellen, haben Phantasie, sie haben Kreativität, sie haben Stil . . .«

»Und meistens auch einen Bruch, vergessen Sie das nicht«, unterbrach er mich. »Wie ist es nur möglich, daß eine Frau den Verschluß ihres Armbandes nicht zukriegt, wohl aber die zwei Zentner schwere Gefriertruhe aus dem Keller in die Garage?«

Alles lachte, mir aber kam der Gedanke, daß Männer das Ausmaß der Hausfrauenlangeweile nicht kennen. Hätten wir ein Büro und Sekretärinnen, wir könnten die Woche als Original mit sechs Durchschlägen hinter uns bringen. Immer das gleiche angetrocknete Eigelb, immer die gleichen Staubflusen, immer die gleichen ungemachten Betten und Einzelsocken verschiedener Farbe in der Wäsche.

Wenn dieses ewige Einerlei einen plötzlich überwältigt, tut man die sonderbarsten Dinge. Nach einem Großputztag stellte ich einmal im Bad ohne Grund ein Apothekergefäß mit Popcorn auf die Kommode.

Ein andermal montierte ich einen frühen amerikanischen Wappenadler auf die Hundehütte. Oder ich fülle einen Cognacschwenker mit Wasser und Speisefarbe und lasse eine Zinnienblüte darin schwimmen, die nach zehn Minuten welkt und schon am gleichen Abend Milliarden von Mückenlarven ausbrütet.

Ich versuche die unmöglichsten Dinge, um das ewige Einerlei zu unterbrechen . . . eine elektrische Birne auswechseln, eine Wand mit dem Aquarellpinsel anmalen, die Eßzimmermöbel ins Wohnzimmer schieben und die Wohnzimmermöbel auf den Speicher schaffen.

»Wenn ich morgen sauber mache«, sagte ich zu meinem Mann, »werde ich die Wanne aus dem Bad nehmen und an ihre Stelle Waschmaschine und Trockenschleuder stellen. Dann schneide ich das Vorderteil der Wanne auf und mach' aus ihr ein Gästesofa fürs Wohnzimmer.«

»Wenn du unbedingt was ändern willst, wasch doch die Vorhänge«, murmelte er.

»Eh du solche Ausdrücke brauchst, schick wenigstens die Kinder aus dem Zimmer«, sagte ich.

Gastgebers Leiden

Wissen Sie, was mein Mann neulich zu mir gesagt hat: »Sieh zu, daß du aus der Küche kommst, eh du jemand umbringst.«

Nun hatte ich seit eh und je das Gefühl, Kochbücher seien Phantasiegebilde und die schönsten Wortzusammenstellungen unserer Sprache: Zimmer-Service oder ›Auf Wunsch wird aufs Zimmer serviert‹.

Wenn ich Gäste habe, entfalte ich die Grazie eines Wasserbüffels, der schwere Migräne hat. Mich kostet eine spontane, improvisierte, schnelle Party ungefähr drei bis vier Wochen Vorbereitung.

Erst einmal suche ich mir genügend Gläser zusammen. Man bekommt sie gratis an der Tankstelle.

Dann muß ich dafür sorgen, daß das Haus aussieht, als hätten nie Kinder darin gelebt. Wir müssen malen, gipsen, Bilder kaufen, die Babytür am oberen Treppenabsatz entfernen (unser Jüngster ist 13) und alle eingegangenen Topfpflanzen des Hauses durch frische ersetzen.
Schließlich muß ich mich für ein Menü entscheiden.
»Was soll ich den Leuten nur zu essen geben?« frage ich meinen Mann und blättere fieberhaft in einem Stoß Kochbücher.
»Wie wär's mit Schweinefleisch, wie es Mary Lou neulich auf ihrem Grill gemacht hat?«
»Wie wär's mit Bouletten?« frage ich.
»Nein, jetzt weiß ich's: das spanische Gericht mit den ganzen Muscheln drin, das wir neulich bei den Dodsons bekamen.«
»Wie wär's mit Bouletten mit viel Pfeffer drin?«
»Oder wir machen eine Reistafel und servieren etwas in der Erde Gebackenes?«
»Wie wär's mit Bouletten aus dem Sandhaufen?«
An und für sich sind unsere Parties immer ein Erfolg, doch leider habe ich noch keine erlebt, bei der nicht etwas (genauer gesagt: jemand) in den Schutz unseres Hauses gekrochen und dort verendet wäre. Das ist der Preis, den man für das Landleben zahlen muß.
Ich stelle mir das immer so vor: Eine Gruppe Mäuse trifft sich im Kornfeld, und die eine sagt zur anderen: »Bufford, du siehst elend aus.«
»Ach was«, sagt Bufford, »das wird schon wieder, ich habe nur eine Erkältung.«
»Trotzdem rate ich dir«, sagt der Mäuseführer, »kriech mal hinüber ins Haus von den Bombecks.«

Und in der Nacht vor unserer Party schafft Bufford es tatsächlich noch bis ins Wohnzimmer. Er taumelt in unser altes Harmonium und dort verendet er.
Mein Mann kam ins Haus, sank auf die Knie und stieß entgeistert hervor: »Doch nicht schon wieder? Wo denn diesmal?«
»Im Harmonium«, sagte ich.
»Können wir den Gestank nicht irgendwie abstellen?«
»Nur wenn du das ganze Wohnzimmer frisch streichst.«
»Wir wollen doch alle recht ruhig bleiben«, sagte er und betupfte sich die Innenfläche der Handgelenke mit dem Docht einer Deodorantflasche. »Und wir müssen um jeden Preis verhindern, daß sich heute abend einer ans Harmonium setzt.«
Die Party war in vollem Gange, da setzte sich Max Marx auf den Hocker und wandte sich der Tastatur zu. Ich ergriff blitzschnell eine Spraydose Raumlüfter und folgte ihm.
»Was soll das?« fragte er gekränkt.
Ich richtete den Strahl der Spraydose auf mich selbst und flüsterte mit schwacher Stimme: »Ach, das ist nur ABENDHAUCH, um mich unwiderstehlich zu machen.«
Schreckensstarr sah ich zu, wie er die Knöpfe der Register herauszog und anfing, die Bälge zu treten. Als sie schnaufend ein- und auspumpten und die ganze Misere im Hause verteilten, wurden drei Frauen ohnmächtig, und einer der Männer klopfte seine Pfeife aus.

»Sagen Sie mal«, sagte Max und unterbrach sein Spiel. »Haben Sie einen Hund?«

»Wir haben sogar drei, aber die sind alle draußen im Garten.«

Er begann wieder zu treten, ließ dann die Hände sinken und blähte die Nasenflügel. »Kocht jemand im Haus Sauerkraut? Oder stellt eines der Kinder mit dem Chemiekasten Schwefel her.«

»Nein.«

»Trägt vielleicht jemand überalterte Turnschuhe?« fragte er beharrlich weiter.

In diesem Augenblick erhob sich seine Frau, beugte sich über seine Schulter und verkündete feierlich: »Max, deine Musik stinkt.«

»Ach so, die ist es,« sagte er und begab sich in die Küche, um sich einen stärkeren Drink zu mixen.

10.
Wir haben Masern – es muß Weihnachten sein

Neulich klagte Brucie: »Mir tut der Kopf so weh, und ich hab' eine verstopfte Nase.«

»Unsinn«, sagte ich. »Dazu ist es noch zu früh. Weihnachten ist erst in einer Woche.«

Normale Menschen merken immer genau, wenn die Feiertage bevorstehen. Freudige Erregung liegt über allem, der Duft von Tannengrün, Glockenläuten, alte, liebe Weihnachtslieder.

In unserem Haus kommt Weihnachten dann, wenn wir die Masern haben.

Drunten im Waschsalon bin ich bekannt als die Bazillentante.

»Was kriegen Sie heuer zu Weihnachten?« fragt man mich, während ich meine Wäschestücke sortiere.

»Einer war in der Nähe von Windpocken, einer hat die Mumps nur links gehabt, und einer hat bis jetzt nur gestöhnt, um sich interessant zu machen.«

Es ist nie so ernst, daß es einem echt an die Nieren geht, aber was ein richtiges Weihnachten ist, weiß ich schon lange nicht mehr. Neulich habe ich meine Freundin Donna Robust beiseite genom-

men und sie gebeten: »Ach, erzähl mir doch noch mal, wie ihr bei euch Weihnachten feiert.«
»Also«, begann Donna, »am Weihnachtsmorgen stehe ich als erste auf und . . .«
». . . blätterst im Branchentelefonbuch, ob du nicht eine Drogerie mit Feiertagsdienst findest . . .« sagte ich mit leuchtenden Augen.
»Nein, nein«, lachte sie. »Ich knipse alle Lichter am Christbaum an. Dann klingele ich mit dem Schlittenglöckchen und . . .«
»Ich weiß, ich weiß . . .« unterbrach ich aufgeregt, »dann ist Pillenverteilung. Dann gibst du dem einen Kind einen Löffel Hustensaft, dem anderen ein Aspirin und dem Baby ein Zäpfchen gegen Übelkeit.«
Sie schüttelte den Kopf. »Dann versammele ich sie alle um den Christbaum, und sie packen ihre Geschenke aus. Und nach dem Frühstück ziehen wir uns alle schön an . . .«
»Ach«, seufzte ich, »schon der Gedanke: alle angezogen . . .«
» . . . gehen zur Kirche, und nachmittags kommen 15–20 Leute zu uns zum großen Weihnachtsessen.«
»Einmal habe ich meinen Vater zu Weihnachten von weitem gesehen! Er hat zwei Batterien für einen Spielzeugroboter unter der Tür durchgeschoben. Wir waren alle ansteckend.«
»Na, das war ja nett«, sagte sie.
»Ach ja, und ein andermal kam der Arzt vorbei. Er trug an den Stiefeln ein bißchen Schnee mit herein, und die Kinder waren wie aus dem Häuschen.«
»Paß mal auf, dieses Jahr wird es ganz anders«, sagte Donna und tätschelte meine Hand.

»Vielleicht«, sagte ich tief aufseufzend. »Aber jetzt erzähl einmal, wie ihr euch alle anzieht und ausgeht ...«

Der große Jahresrundbrief

Der große Sammelbrief mit den Neuigkeiten eines ganzen Jahres, den man zu Weihnachten von Freunden und Verwandten bekommt, erregt in mir ein Gemisch aus Widerwillen und Neid.
Widerwillen, weil ich Leute noch nie habe ausstehen können, die so fabelhaft aufmerksam sind, daß sie ein Jahr lang alles aufschreiben können, was sie tun. Neid, weil meine Familie nie etwas tut, worüber sich anläßlich eines christlichen Feiertages berichten ließe.
Seit Jahren werde ich an die Wand gedrückt von Friedas und Freds Campingabenteuern, von Marcias und Willards hochintelligenten Kindern (ihr Dreijähriger hat einen Mal-Rekord) und von Ginnys und Jesses traulichen Weihnachtsvorbereitungen am Küchentisch.
Und doch habe ich neulich beim Abendessen gesagt: »Wißt ihr was, Kinder? Wir sind auch eine interessante Familie. Schreiben wir doch dieses Jahr mal statt der Weihnachtskarten einen großen Sammelbrief an Freunde und Verwandte.«
»Ja, aber was soll denn drinstehen?« fragte einer der Söhne.
»Das gleiche wie bei allen anderen Leuten. Wir schreiben, was im vergangenen Jahr Interessantes vorgefallen ist. Ihr Kinder könnt mir zum Beispiel gleich mal

erzählen, was es bei euch in der Schule Besonderes gegeben hat.« (Schweigen) »Bescheidenheit ist jetzt ganz verkehrt. Erzählt frei von der Leber weg: Was für Preise oder Anerkennungen habt ihr im Lauf des Schuljahrs bekommen, welche Tests habt ihr bestanden?«

Nach fünf Minuten Nachdenken sagte schließlich einer der Jungen: »Ich habe den Seh-Test bestanden.«

»Na, also«, rief ich erfreut, »ich wußte doch, wir brauchen nur ein bißchen nachzudenken. Und zu welchen schönen Ausflugszielen sind wir hingefahren?«

»Damals an dem Sonntag haben wir uns verfahren und die Fabrik nicht gefunden, in der unsere Verwandten die Nummernschilder herstellen.«

»Ach, das interessiert unsere Weihnachtsrunde nicht«, sagte ich. »Wartet mal. Bin *ich* zu irgend etwas Interessantem gefahren?«

»Du warst im Frühjahr mal zu einer Waschmaschinenvorführung.«

»Na seht ihr, euch fällt schon was ein«, jubilierte ich. »Nur weiter. Ist jemand befördert worden? Hat jemand geheiratet? Sich scheiden lassen? Ins Krankenhaus gemußt? Das Pensionsalter erreicht? Ein Kind gekriegt?« (Schweigen)

»Hat jemand an einem Protestmarsch teilgenommen? Aufgehört, Nägel zu kauen? Einen Stuhl im Leseraum der Christlichen Wissenschaft abgebeizt und neu gestrichen? Sich vor zehn Uhr morgens aus dem Bett gehoben?« (Schweigen)

»Hat jemand an einer Briefmarke geleckt? Dem Hund einen Tritt gegeben? Sein Turnzeug gewaschen? Während des Unterrichts gerade in der Bank gesessen? Eine

elektrische Birne eingeschraubt? Ein- und ausgeatmet?«
Sie saßen da und ließen schweigend das vergangene Jahr vor ihrem inneren Auge vorüberziehen. Schließlich stand ich auf und holte die Schachtel mit den Weihnachtskarten.
»Was machst du denn? Ich dachte, wir verschicken einen Familienrundbrief?«
»Ach, es hat doch keinen Sinn, die armen Teufel zu vergrämen, die das ganze Jahr dasitzen und nichts erleben.«

O du fröhliche

Eben habe ich ein Abkommen mit den Kindern getroffen. Wenn sie am Weihnachtsmorgen bis 3 Uhr 30 schlafen, verspreche ich, daß mir nicht wieder, wie in den letzten Jahren, beim Abendessen der Kopf in die Soße fällt.
Der Weihnachtsmarathon ist eine langjährige Tradition unseres Hauses, schon seit die Kinder laufen lernten. Sie erscheinen zu aberwitzig früher Stunde im Elternschlafzimmer und jodeln: »Maaaami!«
»Was?«
»Es ist Weihnachten?«
»Wasislos?«
»Weihnachtsmorgen. Bist du schon wach?«
»Nein.«
»Soll ich mal Licht machen, damit du siehst, wie spät es schon ist?«
»Untersteh dich, deine Mutter zu blenden, an einem . . . welcher Tag war doch noch?«

»Weihnachten.«
»Sagt es dem Papi. Der fällt glatt aus dem Bett.«
»Paaapii!«
»Ich hab' schon im Büro was gegeben.«
Minuten später springt er aus dem Bett und schreit: »Müssen die mir um Gottes willen mit einer Taschenlampe ins Gesicht leuchten und die Haare in meiner Nase zählen?«
Stehen wir erst senkrecht, geben die süßen Kleinen sich Beschäftigungen hin, die wir in unserer Verschlafenheit als besonders laut empfinden.
Das Bumbum der Pantoffeln auf dem Teppichläufer. Der ohrenzerfetzende Knacks, mit dem die Kinder die elektrischen Christbaumkerzen einschalten.
Das schrille Knistern des Seidenpapiers in eifrigen Händchen.
Das kratzende Geräusch, mit dem sie Pfefferminzstangen lecken.
Das ohrenbetäubende Scharren des Hundes, der dringend hinaus muß.
Das Aufbrüllen des Feuers im Kamin.
Das berstende Knallen der Cornflakes, die in ihren Näpfen explodieren.
Nach einer Weile, die uns wie mehrere Tage vorkommt, fragt mich mein Mann: »Du siehst aus wie das Bildnis des Dorian Gray. Wie spät ist es eigentlich?«
»3 Uhr 15 früh.«
»Wie doch die Zeit vergeht, wenn man sich amüsiert«, sagt er gähnend.
»Beherrsch dich, ja!« sage ich gereizt.

Genau das habe ich mir gewünscht ...

Voriges Jahr hat der Nikolaus in einem New Yorker Warenhaus nicht nur die Kinder nach ihren Wünschen gefragt, sondern auch die Hausfrauen. Das Ergebnis war interessant. Die Hausfrauen äußerten sich sehr entschieden, nicht so sehr zu den Gegenständen, die sie wollten, als vielmehr zu denen, die sie bestimmt *nicht* wollten. Sie wollten keine Plackerei mit Bändchen drumherum – so wenig wie die Männer sich Leitzordner fürs Büro wünschen.

Unser Image ist durch die Fernsehreklamen so verzerrt, daß die Männer gar nicht mehr recht wissen, was bei uns ankommt und was nicht.

Neulich lag ich im Bad auf den Knien und bemühte mich, ein Bonbon von der ›Brille‹ zu kratzen. (Bitte fragen Sie nicht, wie es dorthin gekommen ist!) Ich trug Hosen, deren Reißverschluß nur mit einer Sicherheitsnadel zusammenhielt, und eine Trainingsbluse meiner Tochter. Meine Haare sahen aus wie eine im Preis herabgesetzte Zweitfrisur.

Mein Mann schaute durch die Tür herein, ein Päckchen unterm Arm, und sagte: »Ich wußte nicht recht, was ich dir zu Weihnachten schenken soll. Du hast doch schon alles.«

Sprachlos ging ich in die Hocke. Er machte das gleiche Gesicht wie damals an unserem ersten gemeinsamen Weihnachten, als er mir einen Begräbnisplatz gekauft und erläuternd gesagt hatte: »Dieser Gedanke kam mir blitzartig, als ich gestern deinen Schmorbraten aß.«

Dieselbe Miene trug er auch zur Schau, als er mir zu Weihnachten den Gutschein für eine Lungendurchleuchtung überreichte.
Und auch voriges Jahr wieder, als er mir eine Friseurschere schenkte, damit ich den Jungen im Hof die Haare schneiden und ein paar Dollar einsparen sollte. Als ich sie ausgepackt hatte, lief ich weinend aus dem Zimmer. »Was, zum Donnerwetter, hast du denn erwartet«, sagte er indigniert. »Einen Edelstein für deinen Nabel?«
»Und warum nicht?« schluchzte ich vorwurfsvoll.
»Weil ich deine Größe nicht weiß«, gab er zurück.
»Nur einmal«, sagte ich, »solltest du mich anschauen und mich nicht als Haushaltsroboter sehen mit klebrigem Gelee am Ellbogen, Haferflocken im Haar und einer Windelnadel an der Bluse. Einmal ... ach, nur ein einziges Mal ... solltest du mich als das sehen, was ich wirklich bin – als Circe!«
Ich kam mir zwar gemein vor, aber ich mußte rauskriegen, was er diesmal für mich in petto hatte. Ich ging rasch an das Fach im Schlafzimmer, in dem er das Päckchen versteckt hatte. Ich betete: Bitte keinen Gartenschlauch, keinen Käsehobel oder einen Karton Aufbügelflicken. Behutsam griff ich in die Schachtel und hob den Inhalt heraus. Es war ein großer Simili-Edelstein mit einem Zettel dran: »Paßt in jeden Nabel, du neugierige Elster!«

Mehrheitsbeschluß

Seit Jahren sage ich den Schulbehörden, daß sie zur

falschen Jahreszeit Erziehungsfragen aufs Wahlprogramm setzen. Wenn sie die Mütter während der Weihnachtsferien wählen ließen, gäbe es im ganzen Land nur eine Meinung. Mit einem Kind und einem Ball acht Tage in ein Haus eingesperrt zu sein, ist ein Zustand, der die Schulbildung unerläßlich erscheinen läßt.

Ich weiß nicht, was schlimmer ist: ein Kind, das nichts zu tun hat, oder ein Kind, das etwas zu tun hat.

Ein Kind, das nichts zu tun hat, möchte sich darüber aussprechen. Für alle Weihnachtsgeschenke im Wert von 200 Dollar benötigt man Batterien Größe 4 C, und die sind nur in einem Abholmarkt in Japan zu bekommen.

Einladen können die Kinder sich niemanden, denn dann wäre eine ganze Horde beisammen, die nichts zu tun hat. Hinaus können sie nicht, denn dann träfen sie bestimmt jemanden, der auch nichts zu tun hat, und dann wäre es doppelt langweilig.

Hausaufgaben brauchen sie nicht zu machen, auch keine Betten, brauchen die Mülleimer nicht auszuleeren und das Geschirr nicht abzutrocknen, weil ja Ferien dafür erfunden sind, einmal gar nichts zu tun.

Sie können sich nicht vor den Fernseher setzen, denn fernsehen ist etwas, was man tut, wenn man sonst nichts zu tun hat.

Das Kind, das etwas zu tun hat, nervt einen ebenso, denn zu allem, was es unternimmt, braucht es die Mutter.

»Wenn du eben mal fahren und Charlie und Tim abholen könntest und auf dem Heimweg ein bißchen

Eis und Schokoladensirup mitnehmen würdest, könnten wir ›kochen‹ spielen.«
»Wir warten doch nur darauf, daß du uns den Schlitten vom Speicher runterholst, den der Papi unter den Gartenmöbeln verstaut hat, dann lassen wir dich auch bestimmt in Ruhe!«
»Können wir drei Einkochgläser haben, die Räder vom Staubsauger, eine Schachtel Watte, zwei Stück Alu-Folie und eine Banane? Wir haben nämlich eine tolle Idee.«
Wie ich gestern zu meiner Nachbarin Maxine sagte: »Heutzutage wird die Phantasie des Kindes nicht mehr angeregt. Puppen essen und rülpsen, Spielautos fahren 100 Stundenkilometer, Flugzeuge fliegen wirklich, Raketen heben ab, auf den Puppenherden kann man kochen, ihre sonstigen Spielzeuge haben aufleuchtende Lämpchen, und durchs Fernsehen kommen sie überall in der Welt herum. Sie sind einfach gelangweilt.«
»Da hast du recht«, sagte Maxine. »Was hast du heute vor? Machst du einen schönen Mittagsschlaf?«
»Dafür bin ich schon zu groß«, sagte ich. »Kommst du mit, nach Kleingeld in den Sesselpolstern suchen?«
»Nein, das ist langweilig, das haben wir schon gestern getan. Wir könnten uns vor den Gören verstecken.«
»Ach nööö, ohne die ist ein Nachmittag langweilig.«

Selbstgebastelte Geschenke

Vor den Feiertagen tauchen plötzlich Frauen auf, von denen man nicht glauben sollte, daß es sie überhaupt gibt. Um ehrlich zu sein, diesen kongenialen Nicht-

wegschmeißerinnen bin ich mein Lebtag aus dem Weg gegangen. Aus heiterem Himmel bitten sie einen: »Ach bitte, wirf doch die gebrauchten Hühneraugenpflaster nicht weg, ja?«
Sie haben es sich zur Lebensaufgabe gemacht, aus nichts etwas zu machen? Oder ist es umgekehrt?
Neulich aß ich harmlos zu Mittag, da umringten mich plötzlich sage und schreibe drei solcher Abfallaufbereiterinnen. Mir war, als sei ich in einem fremden Land. »Brauchst du noch mehr von den Eis-am Stiel-Stäbchen?« fragte Dorothy.
»Nein, aber ich bin etwas knapp an Klaviertasten.«
»Ich hab' noch ein paar im Keller«, sagte Karen, »wenn du nicht lieber meine Tabasco-Flaschen oder die arthritischen Hühnerbeinchen aufbrauchen willst.«
»Wir räumen mal sämtliche Nippes vom Tisch, dann fangen wir an, Glasscherben von den Heckscheiben für unsere Karaffe zusammenzusetzen«, sagte sie stolz. Dann bemerkte sie mich und fragte: »Und was machen Sie zu Weihnachten?«
»Ich mache mich krank.«
»Nein, nein, ich meine, was machen Sie an Kreativem?« Ich dachte kurz nach. »Ich schlage ein Leintuch um den Christbaumfuß, damit man das Holz nicht sieht.«
(Schweigen.)
»Ich nehme einen nassen Schwamm und befeuchte damit die Briefmarken, ehe ich sie auf meine Weihnachtspostkarten klebe.«
(Niemand rührte sich.)
»Ich habe die Birne in der Kellertreppenlampe ausgewechselt.«

Endlich sprach Dorothy. »Willst du damit sagen, daß du keine Eierschalen aufgehoben hast, um Christbaumschmuck daraus zu machen? Und nicht die getrockneten Apfelreste für Duftkissen und nicht die Kartoffelschalen für Tischdekorationen?«
»Doch, das habe ich alles aufgehoben«, sagte ich.
»Und was hast du daraus gemacht?« fragte sie begierig.
»Müll.«
Die Frauen sahen mich mitleidig-ungläubig an. Aus dem Gefühl meiner Minderwertigkeit heraus wurde ich gehässig. Ich wollte sie schockieren.
»Was sagt ihr dazu, daß ich lastwagenweise alte Kleiderbügel wegwerfe?« (Sie schauderten.) »Und das ist noch nicht alles: Ich denke gar nicht daran, alte Milchpackungen und Spülmittelflaschen aufzuheben!« (Sie zogen erschreckt die Luft ein.) »Und zu Weihnachten verkleide ich nicht mein Klopapier mit etwas Rotem und klebe ihm einen Wattebart an. Was haltet ihr davon?« (Sie wandten sich schweigend ab.)
Sie werden mich erst wieder wohlwollend ansehen, wenn sie erfahren, wofür ich beim Weihnachtsbasar 15 Dollar bezahlt habe: für einen termitenzerfressenen, golden angepinselten Holzklotz, gefüllt mit Geleebonbons an alten Kleiderbügeln – mit Papierhütchen drauf.

11.
Wer bin ich?

Anläßlich meines 40. Geburtstages ging ich zur Kraftfahrzeugstelle, um meinen Führerschein erneuern zu lassen.
Der Mann hinter dem Schaltertisch fragte mich mechanisch nach Name, Adresse, Telefonnummer und schließlich Beruf. »Ich bin Hausfrau«, sagte ich.
Er hielt inne, den Bleistift über dem Formular gerückt. »Soll das im Führerschein stehen, meine Dame?«
»Liebesgöttin würden Sie wohl kaum glauben, oder?« fragte ich trocken.
Wenn etwas allen Frauen zu schaffen macht, dann das gewisse »Wer bin ich eigentlich?« Wie können wir einem Ehemann, Kindern, einer Waschmaschine dienen, und auch noch dem Gesundheitsamt und einem Kater alles recht machen, der auf dem Fernseher hockt und uns böse anschaut, weil wir ihn haben kastrieren lassen? Und bei alledem sollen wir noch Kräfte für uns selbst übrigbehalten?
Ich habe in meinem Leben mehrere Persönlichkeitsbilder hinter mich gebracht.
Man hat mich als diese Dienstags-Abholerin mit dem Loch im Schal bezeichnet, als die Zehnuhrvoranmel-

dung im Kosmetiksalon, als die mit den Pfadfindersöckchen, aber auch als die Frau, die mal im gleichen Haus wie die Schwägerin von Jonathan Winters gearbeitet hat. Wer also bin ich wirklich?

Ich bin die Frau des Mannes, mit dem keiner tauschen will

Also das war damals eine entsetzliche Blamage. Wir gingen zu einer Einladung in unserer Nachbarschaft und mußten verlegen und beklommen feststellen, daß dort die Ehefrauen ausgetauscht wurden. Ein Paar nach dem anderen verschwand, bis schließlich nur noch mein Mann übrig war. Er spielte Spanish Eyes auf einer fünfsaitigen Ukulele, und ich aß die auf den Papptellern liegengebliebenen Brötchen auf. Als wir dann nach Hause gingen, sprachen wir kein Wort miteinander.

In der Nacht hatte ich einen Traum: Mein Mann und ich mußten plötzlich in einer Welt der Kommunen leben, aber keiner wollte uns. Wir wanderten von einer Gruppe zur anderen und bettelten um Aufnahme in ihre Wahlgemeinschaft, wurden aber aus dem einen oder anderen Grunde überall abgewiesen. In einer Kommune hätten wir es fast geschafft.

Der Anführer musterte uns eingehend und sagte: »In einer Kommune arbeitet jeder nach seiner Leistungsfähigkeit. Einige der Frauen versorgen die Kinder, andere kochen, wieder andere machen sauber, andere pflegen die Wäsche. In welcher Sparte würden Sie gern arbeiten?«

»Sind Stellen für sexuelle Ausbeutungsobjekte frei?« fragte ich.
»Ha!« knurrte mein Mann. »Für diese Bemerkung bekämst du wahrscheinlich den Nobelpreis für Humor.«
Nun wandte sich der Anführer zu meinem Mann. »Und Sie, Sir, welche Talente würden Sie in die Gruppe einbringen? Holzhacken? Feuermachen? Ernten einfahren?«
»Ich kann ›Spanish Eyes‹ auf einer fünfsaitigen Ukulele spielen«, gab er Auskunft.
»Keine unnötige Bescheidenheit«, fiel ich ihm ins Wort. »Er kann außerdem 200 Fußballübertragungen an einem einzigen Wochenende anschauen, ohne zusammenzubrechen. Er kann mit Siegellack Knöpfe an seinem Jackett befestigen und sich unsichtbar machen, wenn der Müll wegzubringen ist.«
»Wir sind eine Gemeinschaft und teilen alles miteinander«, sagte der Anführer milde.
»Hast du's gehört, Harlow?« fragte ich und gab meinem Mann einen leichten Rippenstoß. »Alles miteinander teilen! Das wird nichts für einen, der mit den Wagenschlüsseln ins Bett geht.«
»Faß dich an der eigenen Nase«, bellte er. »Zwölf Jahre waren wir verheiratet, ehe du mich aus deinem Shirley-Temple-Becher hast trinken lassen!«
»Bitte«, sagte der Kommunenführer und hob begütigend die Hand. »Ich glaube ohnehin nicht, daß eine Kommune für Sie beide der richtige Rahmen ist. Sie sind auf verträgliche Weise unverträglich.«
»Was heißt denn das?« fragte mein Mann.

»Das heißt, daß Sie zu sehr verheiratet sind, um in Frieden und Harmonie miteinander zu leben.«
Der Rest des Traumes war Alptraum. Wir sind die letzten beiden altmodisch Verheirateten in einer Welt freier Verbindungen. Wenn wir uns in einem Hotel anmelden, kichern die Liftboys über unser Gepäck. Empfangschefs werden eisig, wenn wir uns als Mr. und Mrs. eintragen und sagen: »Paare wie Sie sind in unserem Hotel unerwünscht.« Unsere Kinder werden von ihren Spielkameraden grausam verhöhnt, die sie umtanzen und dazu singen: »Dein Papi und deine Mami sind verheiratet – yeah, yeah, yeah!«
Die Stimme meines Mannes riß mich aus meinem Traum. »Das ist doch die Höhe: Was soll der Wagen, der in unserer Einfahrt parkt? Da sitzen Leute drin und starren unser Haus an.«
»Dreimal darfst zu raten«, rief ich aus. »Das sind natürlich Touristen aus der Kommune, die sich die verrückten Verheirateten anschauen wollen.«

Ich bin Emma

Meine Schwiegermutter und ich haben ein ausgezeichnetes Verhältnis zueinander. Sie ruft mich Emma, und ich rufe sie an ihrem Geburtstag, Muttertag und Weihnachten *an.* Schon bei unserer Hochzeit, als sie darauf bestand, mit einem Trauerschleier an der Antenne und eingeschalteten Scheinwerfern zu fahren, spürte ich, daß sie mit der Wahl ihres Sohnes nicht vorbehaltlos einverstanden war.
Und doch, Gott segne sie, hat sie Humor, und irgend-

wie haben wir uns zusammengerauft. Sie akzeptiert mich als das, was ich bin: ein Mißgriff. Und ich habe gelernt, mit ihr zu leben, indem ich rechtzeitig Beruhigungsmittel nehme. An einen ihrer Ticks jedoch werde ich mich wohl nie gewöhnen: an die Sache mit dem letzten Seufzer.

Das geht ungefähr so vor sich. Ich fahre den Wagen, sie sitzt neben mir. Aus heiterem Himmel höre ich sie plötzlich nach Atem ringen, leise aufstöhnen, dann sinkt sie in sich zusammen und hält sich den Kopf. Ich warte, doch sie atmet nicht aus.

Als es zum ersten Mal geschah, dachte ich mir,

a) ihre Seele habe den Wagen für immer verlassen;

b) ich hätte an der letzten Tankstelle die elektrischen Fenster zu schnell zuschnappen lassen und den Finger vom Tankwart eingeklemmt;

c) wir würden vom Trichter eines Tornados verfolgt.

Instinktiv trat ich heftig auf die Bremse und hätte sie fast durch die Windschutzscheibe besorgt. Ich wandte mich ihr zu, packte sie an beiden Schultern und schrie hysterisch: »Was ist?«

»Verdammt«, sagte sie, »mir ist eben eingefallen: Ich hab' vergessen, meine Gartentür zuzuschließen.«

Bei späteren Fahrten sollte ich lernen, daß sie wegen Mädchen in zu kurzen Shorts, vollerblüten Rosen, einem halben Kaugummi in der Tasche ihres Regenmantels und der Erkenntnis, daß morgen der Geburtstag ihrer Schwägerin sei, ebenso keuchte und stöhnend nach Luft rang. Ihre Nummer mit dem letzten Seufzer beschränkte sich auch durchaus nicht auf den Wagen.

Während sie vor dem Fernseher saß oder die Zeitung las, rang sie plötzlich hörbar nach Luft, erstarrte, hielt die Hand vor den Mund und sagte dann nur: »Wie halten die Ärmsten in Kalifornien die Hitze nur aus?«
Ich bin wirklich stolz darauf, mit meiner Schwiegermutter in Frieden leben zu können, und sie duldet auch mich. Erst neulich fuhren wir miteinander in meinem Wagen, als sie wieder den Atem anhielt, ihre Tasche umkrampfte und murmelte: »Ach du lieber Gott!«
Ich nahm an, ihr sei gerade ihr Termin beim Zahnarzt eingefallen, fuhr also ruhig weiter und prompt in einen Lastwagen hinein, der rückwärts aus einem Hof stieß. Sie schüttelte den Kopf und schnalzte bedauernd mit der Zunge. »Ich habe versucht, dich zu warnen, Emma, aber du hörst ja nicht.«

Ich bin das Frauchen meines Hundes

Mittlerweile weiß jeder, daß ich das Syndrom des leergewordenen Nestes immer schon gefürchtet habe. Als es endlich Tatsache war, stellte ich zu meiner Überraschung fest, daß es gar nicht ganz leer war. Es gab darin plötzlich einen Hund, der mir – so die Meinung meiner Familie – Gesellschaft leisten sollte. Gesellschaft brauchte ich ungefähr so dringend wie ein Playboy-Leser seine Frau, damit sie für ihn umblättert.
An und für sich war der Hund freundlich, einigermaßen gut erzogen und spielte gern. Er hatte nur eine

Macke. Er mußte 2762 mal pro Tag rein- und rausgelassen werden.
Manche Hunde haben den Grashalmkomplex. Sie können an keinem vorbei, ohne stehenzubleiben und ihm Glanz zu verleihen. Unser Köter konnte nie an einer Tür vorbei, ohne daran zu kratzen, zur Klinke hochzuspringen und zu jaulen, als sei er drauf und dran, überzuschnappen. Am Abend des ersten Tages war ich wie durch den Wolf gedreht. Ich hatte noch nicht den Frühstückstisch abgeräumt, die Betten nicht gemacht, nicht mit der Wäsche angefangen.
»Na, ich wette, du hast den ganzen Tag mit dem Hündchen gespielt«, neckte mein Mann.
»Wie kommst du darauf?« fragte ich.
»Schau doch nur, wie das kleine Mistvieh hopst!«
»Er zielt nach deiner Gurgel. Er will raus.«
»Lächerlich. Er ist ja eben erst reingekommen.«
Schließlich jaulte der Hund so, daß uns fast der Kopf zersprang, und warf sich gegen die Tür.
Automatisch erhob ich mich, öffnete ihm die Tür und ließ die Hand gleich auf der Klinke.
Draußen kläffte er noch einmal kurz: Ich öffnete die Tür, und er war wieder drin.
»Warum wollte der denn wieder rein, wenn du ihn eben erst rausgelassen hast?« fragte mein Mann.
»Warum tanzen die Elfen in der Maiennacht? Warum ist der Papst immer Katholik? Warum wohl?«
Der Hund blaffte, und ich öffnete ihm die Tür.
»Willst du damit sagen, daß das den ganzen Tag so geht?«
Ich nickte, während ich ihm die Tür öffnete und er wieder hereingesprungen kam.

»Ich hab's«, sagte mein Mann und schnippte mit den Fingern. »Wir gehen immer dann raus, wenn er reinkommt, und wenn er rauswill, gehen wir rein. Auf diese Weise verwirren wir ihn so, daß er nicht mehr weiß, ob er drin oder draußen ist.«
Als wir draußen auf der dunklen, kalten Veranda mit den Pfoten an der Tür scharrten, um reinzukommen, versuchte ich mir klarzuwerden, wann ich etwas falsch gemacht hatte.
Ich glaube, es war damals, als meine Mutter sagte: »Greif ihn dir, du wirst auch nicht jünger.«

Eine Mutter fürs Gröbste

»Was um Himmels willen hängt da über deinem Wäschepuff?« fragte Mutter. »Sieht ja aus wie ein Basketballreifen aus einem zurechtgebogenen Kleiderbügel.«
»Es *ist* ein Basketballreifen aus einem zurechtgebogenen Drahtbügel«, sagte ich.
»Sieht ja gräßlich aus.«
»Du hast gut reden,« entgegnete ich. »Du brauchst auch nicht mit bloßen Füßen durch schmutzige Unterwäsche zu waten oder überall Dinge zu finden, die in die Wäsche gehören. Wenn die Jungen erst besser werfen, ist das Gröbste geschafft.«
»Und was ist das da?« grollte sie.
»Ach, du meinst die Stange oben in der Tür, an der du dir den Kopf angestoßen hast? Das ist eine Art Übungsreck, damit die Jungen ihre Muskeln trainieren können.«

»Und was soll das Plättbrett?« beharrte sie. »Wirst du es denn nicht leid, dauernd darüber zu stolpern? Soll ich es nicht wegnehmen?«
»Weswegen?« fragte ich. »Wir ziehen ja nicht um.«
Mutter weiß eben nicht mehr, was es heißt, in einem Haus mit Kindern von heute zu leben. Auch ich habe früher dagegen angekämpft. Ich war einmal so naiv zu glauben, daß Eßbares in den Kühlschrank gehört, ein Fahrrad ohne Räder etwas zum Wegwerfen ist, und wenn man acht Leute zum Dinner einlüde, müßten alle acht Gläser zusammenpassen. Ich muß verrückt gewesen sein, als ich dachte, ich könne einen antiseptisch sauberen Haushalt führen und das ohne Geld und Hilfe. Doch dann jobbte ich eines Tages in einer Cafeteria mit einer Mutter von sechs Kindern, und die sagte mir etwas Beherzigenswertes: »Ich bin neugierig, wie sich meine Kinder einmal meiner erinnern werden. Als die Mutter, die nie Schmutzränder in der Badewanne duldete, oder als die, mit der man so herrlich Popcorn im Wohnzimmer rösten konnte? Werden sie noch wissen, in wie vielen Clubs ich Vorstand war? Oder nur noch, daß ich ihnen nach der Schule frische Pfannkuchen gebacken habe? Werden sie noch daran denken, wie geschmackvoll das Blau der Polster zu den Wohnzimmersofakissen gepaßt hat, oder nur noch, daß ich ihre Zeichnungen für Mami an die Wand gehängt habe? Komisch«, sagte sie, »ich stamme aus einer kinderreichen Familie und habe keine Ahnung mehr, welche Farbe mein Schlafzimmer hatte, oder ob nasse Fußstapfen im Korridor waren oder der Abdruck dreckiger Finger rings um die Lichtschalter. Ich erin-

nere mich nur noch an viel Gelächter, viel Liebe, an den verrückten Basketballreifen, den meine Mutter aus einem Kleiderbügel zurechtgebogen und über den Wäschekorb montiert hatte, und daß sie immer *da* war, wenn wir ihr dringend etwas erzählen mußten.«
Ich brauche wohl nicht erst zu erwähnen, daß mir bei diesem Bericht die Tränen kamen. So eine Mutter wollte ich sein!
Gestern stapelte ich die Plätzchen zu Pyramiden und wartete darauf, daß die Kinder aus der Schule kamen. Da ging das Telefon. »Mami? Ich bin mit Greg heimgefahren, im Bus. Wir üben Basketball und blödeln noch ein bißchen rum.«
»Ja, aber . . . wann kommst du denn dann heim?« fragte ich seelenvoll.
»Weiß nicht. Sein Bruder fährt mich dann.«
»Weißt du, was ich heute gemacht habe?« fragte ich munter.
»Jetzt nicht, Mami. Sag es mir, wenn ich komme.«
»Aber bis dahin vergesse ich es.«
»Schreib's auf.« (Klick, eingehängt.)
Ich aß ein Plätzchen und behielt die Uhr im Auge. Die Tür öffnete sich, und ich begrüßte unsere Tochter.
»Da bist du ja. Weißt du, was ich heute im Ausverkauf ergattert habe?«
»Erzähl es mir, während ich mich umziehe«, rief sie.
»Umziehe? Gehst du denn noch mal weg?«
»Ja, in die Bibliothek. Die haben mir da ein paar Bücher reserviert, die ich heute abholen muß.«
»Hast du nicht mal Zeit für ein Glas Milch und Plätzchen und ein Gespräch mit einer Mutter, die für dich Zeit hat?«

»Nein. Ich halte Diät. Iß du die Plätzchen, aber verdirb dir nicht den Appetit aufs Abendessen.«

»Allein essen macht keinen Spaß. Kann ich dich begleiten?«

»Du würdest in die Bibliothek passen wie die Faust aufs Auge. Nachmittags sind dort nie Erwachsene.«

Ich aß noch ein Plätzchen und wartete auf das Eintreffen meines zweiten Sohnes.

»Ist Post gekommen?« fragte er.

»Ja, etwas Merkwürdiges, sieht aus wie ein Bild. Hab' ich dir erzählt, was der Fleischer heute Komisches gesagt hat?«

»Mann, das ist Jim O'Briens Autogramm, hab' ich mir bestellt. Ich muß sofort Pete anrufen. – Geh doch in die Küche, ja?«

Da saß ich nun, klein und häßlich. So werden wir Mütter natürlich nie etwas. Wenn sich kein Mensch um uns kümmert, kein Mensch nach der Schule mit uns Gemeinschaft pflegt, niemand uns das Gefühl vermittelt, ein sinnvolles Dasein zu führen. Kein Wunder, daß wir in hellen Haufen in den Schönheitssalons herumhängen. Clubs beitreten und ausgedehnte Lunchs mit kalorienreichem Nachtisch zu uns nehmen. Wen interessiert es schon? Ich riskierte einen letzten Versuch, mit meiner Mütterlichkeit Erfolg zu haben, stellte mich vor die verschlossene Badezimmertür und rief meinem Sohn zu: »Ich hab' noch was vergessen. Bist du hier drin?«

»Wer ist da?« fragte er.

»Mami.«

»Was für 'ne Mami?«

Die Kameliendame

Eine Freundin verriet mir neulich ihr Geheimnis. Wenn sie in eine unangenehme Situation gerät, nimmt sie ihre Zuflucht zur Schauspielerei. Sie tut, als sei das Ganze nur eine Rolle in einem Stück, und ›spielt‹ die Szene.
»Du spinnst«, sagte ich.
»Wir spinnen alle«, gab sie zurück. »Ich habe dich beobachtet, wie du dich aufführst, wenn dein Mann ein paar Tage wegfährt. Ich weiß zwar nicht, wer du dann bist, aber in keinem Fall du selbst.«
Sie hatte natürlich recht. Um genau zu sein, bin ich sogar mehrere Gestalten, wenn mein Mann wegfährt. Während ich noch in der Einfahrt stehe, in ein Tuch gehüllt, und die Kinder an mich drücke, um sie gegen den eisigen Wind zu schützen, bin ich die tapfere junge Mutter aus *Little Women.* Auf meinen zarten Schultern ruht die Verantwortung für die Familie. Ich spiele mir die Seele aus dem Leib. »Gottes Segen«, rufe ich ihm nach. Und sage dann zu den Kindern: »Und nun kommt alle ins Haus, wir wollen im Chor singen und Popcorn rösten.«
Am zweiten Tag allein mit den Kindern, bin ich nicht mehr ganz so wacker. Ich stelle mir vor, wie sich der Kerl in seinem Luxus-Motel amüsiert, und ziehe meine Belle-Watling-Nummer ab. Das ist die zwielichtige Person in *Vom Winde verweht.* Ich war – so rede ich mir ein – immer nur eine vorübergehende Laune von ihm, und nun ich ihm drei Kinder geboren, hat er mich verlassen und jagt nach Flitter und Flittchen in der

fernen Stadt. Bilde ich es mir nur ein, oder hat man mir am Fleischtisch im Supermarkt wirklich eine kalte Schulter gezeigt?
Aber meine Paraderolle ist doch die Kameliendame? Die spiele ich erst, wenn ich den vierten Tag allein bin. Dabei sieche ich dahin, schleppe mich nur mühsam in Bademantel und Pantoffeln durch den Vormittag, und wenn der Mechaniker sagt: »In der Pumpe Ihrer Waschmaschine war eine Trainingshose, das macht 34 Dollar«, hüstele ich nur und seufze: »Ach, das ist nun auch schon gleichgültig.« Am fünften Tag haben meine Kinder mich an die Wand gespielt und wissen es auch. Disziplin und Vernunft sind dahin. Das Darstellen einer fiktiven Gestalt hat jeden Reiz verloren. Und wenn dann mein Mann vorfährt, komme ich ihm – einen Kranz aus Plastikblumen im Haar – entgegen und zerpflücke meine Schürze in lauter kleine Fetzen.
»Und wer bist du heute?« fragt er.
»Ophelia«, sage ich kurz angebunden.
»So schlimm war es?« fragt er.
»Noch schlimmer.«

Ich bin ein Begriff

Meine Nachbarin sagte, seit ich eine Kolumne in der Zeitung schriebe, sei ich ein Begriff.
»Ach, Sie meinen so etwas Weißmacher, Zellulitis und Midlife-crisis?«
»Nein, nein« sagte sie, »so was wie Wilde Frische, Energiesparen und Reifenbewußtsein.«

»Ist das nicht übertrieben?« gab ich zu bedenken. »Fragen Sie doch jemand, was ein Bombeck ist, er hält es bestimmt für einen ausgestorbenen Laufvogel.«
»Da irren Sie sich, meine Liebe«, meinte sie, »Sie haben eine riesige Gemeinde.«
Bescheiden, wie ich bin, wollte ich ihre Theorie testen, als ich vom Flughafen Philadelphia aus zu Hause anrief.
»Hallo, Vermittlung: Hier spricht Erma Bombeck. Ich bin ein Begriff und wollte ...«
»Ist Begriff der Vor- oder der Nachname des Fluggastes?« fragte die Vermittlung.
»Weder noch, ich habe nur Spaß gemacht. Hier spricht Erma Bombeck, und ich brauche ...«
»Steinbeck?«
»Nein Bombeck. B wie Berta.«
»Berta Begriff Bondack. Haben Sie die Telefonnummer der Dame?«
»Nein, nein, ich will keine Berta Begriff-Bondack sprechen.«
»Sie wollen also per Direktwahl anrufen. Wenn Sie die Vorwahlnummer der Stadt nicht wissen, rufen Sie die Auskunft an, 555 –«
»Vermittlung, halt! Vermittlung, hängen Sie nicht auf!« (Ich mußte neu wählen.) »Vermittlung, ich möchte ein R-Gespräch. Mein Name ist Erma Bombeck. Nein, nicht Ernie, E wie Edna und dann – r – m – a – Bombeck.«
»Bomberg? Bromfield? Brombreck. Bitte buchstabieren Sie noch einmal, Miß Beckbomb.«
»Hören Sie! Mit Brombreck sind Sie schon ganz dicht!

Damit machen wir weiter. Ich versuche, ein R-Gespräch mit zu Hause zu bekommen. Die Nummer ist . . .«

Nun sprach das Telefonfräulein. »Ich habe hier ein R-Gespräch von einer Mrs. Edna Brombecker«, hörte ich sie sagen.

Daheim war mein Sohn am Apparat. »Die will bestimmt meine Mutter sprechen, aber die ist nicht zu Hause. Die ist in Philadelphia.«

»Liebling«, schrie ich, »ich bin's, Mami. Nimm das Gespräch an.«

»Meine Mutter ist jetzt nicht zu Hause. Kann ich ihr was ausrichten?«

»Ja«, schrie ich, »Ruf Mrs. Erma Bombeck an, unter der Nummer . . .«

»Wie schreibt man den Nachnamen?« fragte er mißtrauisch. Ich hängte auf und blieb wie betäubt sitzen. Die Meinung meiner Nachbarin in allen Ehren, aber ein wirklicher Begriff bin ich noch nicht.

12.
Nun aber mal im Ernst

Die Zeit.
Sie bedrückt die Gelangweilten, sie fehlt den Geschäftigen, sie fliegt für die Jugend, und für die Alten läuft sie aus.
Über die Zeit wird gesprochen, als sei sie ein Fabrikationsartikel, ein Gebrauchsgegenstand, den einige sich leisten können und andere nicht, einige nutzen, andere verschwenden.
Wir wünschen sie uns glühend, wir verfluchen sie. Wir vertreiben sie. Wir verschwenden sie. Ist sie ein Freund? Ein Feind? Wir ahnen, daß wir sehr wenig darüber wissen. Um sie und ihre Möglichkeiten kennenzulernen, sollten wir sie vielleicht mit den Augen eines Kindes sehen.
»Als ich klein war, da hat mich der Papi immer in die Luft geworfen und wieder aufgefangen, und dann habe ich gelacht und gelacht, bis ich nicht mehr konnte, aber dann hat er den Filter vom Zentralheizungsofen auswechseln müssen und hatte keine Zeit mehr.«
»Als ich klein war, wollte die Mami mir eine Geschichte vorlesen und ich sollte immer die Seiten umblättern und tun, als ob ich lesen könnte, aber dann

mußte sie den Badezimmerboden aufwischen und hatte keine Zeit mehr.«

»Als ich klein war, wollte der Papi in die Schule kommen und zuschauen, wie ich in einem Theaterstück auftrete. Ich war der vierte der Heiligen Drei Könige für den Fall, daß einer von den dreien krank wird, aber dann hatte er einen Termin bei der Reparaturwerkstatt für eine Generalüberholung, und das hat dann doch länger gedauert, als er erst meinte, und dann war keine Zeit mehr.«

»Als ich klein war, wollten Oma und Opa mal zu Weihnachten kommen und schauen, was ich für ein Gesicht mache, wenn ich mein erstes Fahrrad kriege, aber Oma fand niemanden, der die Hunde fütterte, und Opa fand das Wetter zu schlecht, und überhaupt hatten sie keine Zeit.«

»Als ich klein war, wollte ich mal der Mami meinen Aufsatz vorlesen. Was ich werden will, wenn ich groß bin . . . aber es war gerade die Sendung Montagsfilm, und Gregory Peck war immer ihr Liebling, und da hatte sie keine Zeit.«

»Als ich größer war, wollten Vater und ich mal ein Wochenende zusammen fischen gehen, nur wir zwei, und wir wollten im Zelt schlafen und Fische braten mit den Köpfen dran, wie es immer auf den Taschenlampenreklamen abgebildet ist, aber im letzten Moment mußte er dann doch den Rasen düngen, und dann war keine Zeit mehr.«

»Als ich größer war, wollten wir immer mal von uns allen ein Weihnachtsfoto machen, aber mein Bruder hatte Balltraining und meine Schwester die Haare auf

Lockenwicklern, und Vater sah sich eine politische Sendung an, und Mutter mußte die Küche aufräumen. Es war nie Zeit.«

»Als ich erwachsen war und von zu Hause wegging, weil ich heiratete, wollte ich mich vor der Trauung noch mal mit den Eltern zusammensetzen und ihnen sagen, wie lieb ich sie habe und wie sehr ich sie vermissen würde. Aber Hank (mein Brautführer, ein ulkiger Heini) hat dauernd vor dem Haus gehupt, und danach war keine Zeit mehr.«

Drei Liebesbriefe

Für Kinder ist das Bedürfnis, sich geliebt zu wissen, ganz natürlich. Ich habe Frauen immer bewundert, die ihre Kinder streicheln durften, ohne daß die zurückzuckten. Da ich auf Papier hemmungsloser bin als in der Wirklichkeit, schrieb ich folgende drei Briefe, die meine Kinder in ihre Alben einkleben können, wenn sie wollen.

An den Ältesten

Du warst mir immer der liebste, weil du ein Wunder warst, das erste Wunder, die Genesis unserer Ehe, die Erfüllung junger Liebe, die Verheißung der Unsterblichkeit. Du hast uns durch die mageren Jahren hindurchgeholfen. In der ersten notdürftig möblierten Wohnung, unserem ersten Transportmittel (den eigenen Beinen) vor dem ersten winzigen Fernsehapparat, an dem wir 36 Monate lang abzahlten.

Du trugst ladenneue Sachen, hattest unabgenutzte

Großeltern und mehr anzuziehen als eine Barbie-Puppe. Du warst das Modell, das Original für uns unsichere Eltern, die versuchten, mit Bazillen zurechtzukommen. Du bekamst püriertes Kalbfleisch, offene Sicherheitsnadeln und mußtest nach Tisch drei Stunden schlafen. Du warst der Anfang.

An das mittlere Kind

Du warst mir immer das liebste, weil du in der Familie so etwas wie eine Niete gezogen hast und das dich nur stärker gemacht hat.
Du hast weniger geweint, hattest mehr Geduld, trugst ausgeblichene, verwaschene Sachen und hast nie in deinem Leben irgend etwas als erster getan, aber gerade das machte dich zu etwas Besonderem. Du bist das Kind, bei dem wir es billiger gaben und begriffen hatten, daß du den Hund auf die Schnauze küssen konntest, ohne krank zu werden. Du konntest auch eine Straße allein überqueren, lange ehe du groß genug warst, um zu heiraten, und du durftest manchmal mit ungewaschenen Füßen ins Bett gehen, ohne daß die Welt unterging.
Da warst das Kind unserer ehrgeizigen, vollbeschäftigten Jahre. Ohne dich hätten wir die Stellungswechsel nicht geschafft, die Häuser, die wir uns eigentlich nicht leisten konnten und den täglichen Trott, aus dem eine Ehe besteht.
Du warst die Fortsetzung.

An das jüngste Kind

Du warst mir immer das liebste, weil alles Letzte so traurig ist, du aber eine solche Freude warst. Du hast alles willig hingenommen: die milchverkleckten Lätzchen, das untere Bett, den Baseballschläger mit dem Sprung, das leere Babyalbum, zwischen dessen Seiten jemand ein Rezept für Obstkuchen gestopft hat.
An dir haben wir uns aufgerichtet. Denn du bist das Bindeglied zur Vergangenheit, die die Zukunft rechtfertigt.
Du bewahrst unser Haar vor dem Ergrauen, beschleunigst unseren Schritt, stärkst uns den Rücken, verbesserst unsere Sehkraft und schenkst uns den Humor und die Sicherheit, die Ruhm und Berufserfolge nicht schenken können.
Selbst wenn dein Haaransatz schon der Uferlinie des Erie-Sees gleichen und deine Kinder einen Kopf größer sein werden als du, wirst du für uns noch immer »der Kleine« sein.
Denn du warst der Höhepunkt.